Divers Portraits

とりどりの肖像

佐々木健一

Ken-ichi SASAKI

春秋社

まえがき

肖像（portrait）は、特定の実在人物をその個別性において特徴づけ、それが〈誰〉であるかを識別しうる形で表現する。肖像は、原像＝現存在の徴表としての根源的な形相である。
（望月登美子『エステティカ』）

これからお読みいただくのは、わたくしが出会い、折々、あるいはしきりと思い出される人びとの肖像です。肖像といっても、もちろん、肖像画ではありません。言葉による肖像、文学としての肖像です。そんなものは聞いたことがない、とおっしゃる方もおられるでしょう。しかし、portraitという英語やフランス語には、ことばによる人物描写を指す用法があります。たしかに、ひとつの文学ジャンルとして認知されている、とは言えないようです。しかし、肖像と見るべき言語作品がたしかにありますし、そう銘うったものも存在します。文学としての肖像の可能性、その特性については、小論をしたため、巻末に付録として収録してありますので、ご関心の向きにはご一読いただければと存じます。ここでは、その要点を踏まえ、本篇への導入となるようなことをお話したいと思います。

本書に収録した一五篇の肖像は、ここ二年ほどの間に書いたものです（初出は春秋社のウェブマガジン『Web春秋』ですが、加筆してあります）。「文学としての肖像」について、付録の小論に示すようなはっきりした考えを初めからもっていたわけではありません。書きながら徐々に形成されてきた認識です。当初から、何をしようとしているのかは、もちろん自覚していました。エピグラフに挙げた望月登美子さんのことば（望月さんは第3章の主人公になります）にあるように、あるひとの、そのひと以外のものではありえないような個性的な姿（「根源的形相」）を捉えることです。これには、どなたも同意なさることと思います。しかし、当初はこの課題を、交友の想い出くらいに考えていたようです。初出のウェブマガジンのページにつけた総題は「スヴニール」というもので、当初のわたくしの意識が想い出語りに傾いていたことを示しています（なお、連載はまだ続いており、その表題も「スヴニール」のままにしています）。これらの人びととの想い出は、わたくしにとって貴重なもので、こころのなかで特別な位置をしめています。これらの肖像を書こうと思い立った動機は、まちがいなくそこにありました。その動機について、『スヴニール』の「まえがき」に書いたことを、ほぼそのままくりかえします。

——なぜ、懐かしい人びとの肖像を書きたくなったのか、自分でも十分な説明はつきません。自らその由来を尋ねてみて、思い当たるのはふたつのことです。ひとつは、数年前、五〇余年ぶりに、幼少期を過ごした疎開先を訪ねたことです。かつての村は市になっていますが、住んでいたあたりは往時のすがたをとどめていて、そこでわたくしはなつかしさの激情に襲われました。たとえば、田のなかを走る道のわずかなゆがみのような、何気ない風景の断片に、です。以来、わたくしの感情生活のなかに、そのような回路が作られたかのようになりました。それに掛け合わされたもうひとつの契機は、旧友の礒山雅君を喪ったことです（礒山君は第2章の主人公です）。その早すぎる無念の死は、かれの存在を、わたくしのなかにできたこの感情回路を伝って、絶えず思い起こさせることになりました（このふたつのことが関係しているとは、このまえがきを書くまでは気づかずにいたことです）。このようにして、わたくしのなかで、なつかしい人びとを想う感情の水位が高まって来たわけです。——

たえず誰かを思うことは、その思いをことばにすることへと水路を拓きます。このようなインセンティヴのもとに書き始めたので、それぞれのひととのわたくしの交友を語る、という視点の取り方は、初めからあったことです。しかし、書いているうちに、交友の記憶のなかには、そのひとに関わることだけでなく、主としてわたしに関わるような事実や、さらには単なる昔話にしかならないこともある、ということに気づかされるようになりました。それらについては当然、抑制の対象となりましたが、同時に、肖像とは何かの考察を誘うものでもありました。詳しくは付録の議論のなかで取り上げますが、文学としての肖像は、一方では肖像画と、他方では伝記と似ています。まず言語作品のなかで、肖像に似ているジャンルは伝記です。しかし、肖像は伝記と二つの点で異なります。伝記の標準的な対象は歴史上の人物で、著者はそのひとの謦咳に接したことのないのが、普通です。それに対して肖像は、肖像画に似て、画家がモデルと対面する sitting の状況に基づいています。つまり、当人とのパーソナルな関係によってこそ肖像は成り立ちます。そのため、描出される肖像は、直接の交友に基づくものであるほかはありません。この意味で、肖像の基調は二人称性にある、と言うことができます。客観的な資料のようなものを参照するにしても、それは「わたしの識っているそのひと」に光を当てるためのものです。したがって、肖像は短篇か掌篇になります。

このように考えて、いまでは確信のようなものを覚えています。ことばで肖像を描く場合、素材となるものとしては、まず、肖像画同様、そのひとの風貌、体つき、顔の表情などがあります。しかし、これらは絵画においてこそ十全に表現されるもので、ことばによる記述の場合、容貌は性格の表現という意味合いを濃くします。言語の表現内容が観念、あるいは思想であることに由来することです。言語のこの特質に照らすなら、そのひとの語り口やものの考えなどが、文学的肖像の主たる表現モチーフになるのは当然です。とりわけ当人の発言こそそのひとの個性的存在を直接表現しているのではないでしょうか。しかも、ことばは意味だけのものではありません。それを発する声や、声調なども表現力豊かなモチーフです。さらに、好き嫌いや感情生活が個性を構成する重要な要素であることは、言うまでもないでしょう。ただ、これらのモチーフは、さしあたり「わたし」の知っているもの、気づいたものであるほかはありません。たしかに、そのひとについて第三者から、わたしの知らない一面を教えられる、ということもあります。像をゆたかにしてくれるものであるなら、それらを取り込むのにやぶさかではありません。しかし、わたしの識らないひとについて、肖像を書けるわけではありません。

このように、伝記が三人称的な性格であるのに対して、肖像は二人称的です。とは言え、単なる思い出語りとは違う、とも実感しています。昔語りの緩んだ情調もきらいではありませんが、そういうことにはなりませんでした。多くの場合、わたし自身がそのひとを再発見した、と言うべきところがあります。記憶の断片を組み合わせ、そのひとの言動や著作の意味をあらためて問い直すことによって、はじめて像は形成されます。その像は、交際のなかで親密さとして識っていたはずのひとの、真の姿（「根源的形相」）とでもいえるものを、わたしの目の前に立ち上げてくれました。肖像は造形であり、その造形の効果がここにあります。書き上げたあと、それぞれのひとの像に向かって、襟を正すような心持がわたくしのなかに生まれています。

右にあげたようなモチーフを、どのひとについてもすべて網羅して像化する、というわけではありません。以下の一五章には、稠密な油絵のようなものもあれば、速写風の素描もあります。相当に名の知られたひとも含まれていますが、いわゆる有名人とは違います。読者の方がたにとっては、ほとんど未知のひとでしょう。そのような未知のひとでありながら、お読みくださる方がたが、「こんなひとに会ってみたかった」と思っていただけるものに仕上がっているなら、うれしく存じます。

目次

とりどりの肖像

ヒロコに

1　錦糸町の巫女さん――おばさまの神女

わたしが成長期を過ごした柏木の家には、三つの神棚があった。一番立派な神棚に祀られているのは大神宮さまと呼ばれていた。二番目が、多分、弁天さま、そしてごく質素なのは荒神さまだ。説明のしやすいのは荒神さま。火あるいは竈《かまど》の神様で、台所に祀られていた。壁に何かが書かれたお札が貼られていた。棚板があったかどうか、記憶は定かでないが、小さなしめ縄が飾られていたような気がするから、相応の小さな棚が設えられていたのだろう。

神棚はいくつかの理由で、子供のわたしの関心を引いた。何よりも、お社だ。大神宮さまと弁天さまは別々の部屋の、それぞれ隅の長押に載せて、棚が置かれていた。大神宮さまの棚板は厚さが七~八センチはある重そうな檜の板で、幅も一メートル以上あった。弁天様の板はさほど厚くなく、この厚さの違いの分だけ弁天さまは大神宮さまより低い位置にあり、それがこの神様たちの位の違いによるものと、聞かされた。これらの板は、天井から二本の桟木で吊られ、その二本の桟に渡すかたちで、曲線で切り抜かれた横板がつけられていた。その板が雲板という名であることは、当時は知らなかった。大神宮さまと弁天さまにはそれぞれお社が飾られていた。ここにも位の差があって、弁天様のお社は間口が狭く、簡素な造りだった。これでも既に、わたしにとっては精巧で魅力的なミニチュアだが、大神宮さまの造りにはほれぼれした。間口が広く（全体のバランスで言えば横広で）、入口には階が数段あり、建物のまわりに欄干のついた回廊が巡らされていた（とは言え、多分裏面にはなかったろう）。観音開きの扉が開いていて、そこに円形の飾り物が置かれていた。これは鏡だよ、と教えられたが、覗いても顔が映らないので、変な鏡だと思った。

素晴らしいミニチュアなので、大掃除は進んで引き受けた。鏡がちゃちだと思ったのも、拭き掃除をしている最中のことだったろう。毎朝、父が示している崇敬の態度の生み出す聖なる距離感は、ミニチュアを磨く少年の手の中にはなかった。許された自由な詮索のなかで、内部が不思議にがらんどうであることに気付いたりもした。年末の大掃除のときには、雲板にとりつけてあるしめ縄も新しくされた。もちろん、大神宮さまと弁天さままではしめ縄の大きさも違った。しめ縄には独特の折り方をした細長い紙が四枚差し込まれ、前面に垂れていた。これを紙垂《しで》ということは、この文章を書きながら調べて知ったことだ。この紙垂は、半紙を折り、切り目を入れて、父が作っていた（父は器用なひとだった）。

毎週、駅前の花屋さんが、花を満載したリヤカーを引き、カチカチと花ばさみを鳴らして御用聞きに回って来た。父は仏さまのためのお花とともに、二柱の神さまのために二対のお榊を買って供えていた。そのほかには、塩と水と米が、小さな白いかわらけに入れて供えられていた。お神酒の記憶はない。

＊

「出たんだよ」。そう言った父の声が今も耳に残っている。学校で、家の歴史を聞いて来なさい、という宿題を出されたときのことだったかもしれない。父のその声は、弾んでいるはずはないが、参りましたというようなさっぱりした響きがあった。

話は、戦前に遡る。下町で工場を営んでいたとき、若い衆たちが白い蛇を捕まえて、多分、何か悪さをしていた。かわいそうなことをするな、と言った父は（まるで浦島太郎のよう）、その蛇を鳥かごに入れ、冬だったので、竈の上に下げておいた、という。「出た」というのは、その蛇がお告げに出た、ということだ。「熱い、熱い、どうして熱いのが分からないのか」と身もだえする巫女に、父は直ちにその正体を悟った、と言う。

その蛇の霊が、父に、あるいはわが家に、どのような災難をもたらしたのかは分からない。それでも、神棚を祀るようになったのは、だから実は弁天さまで、それがきっかけだったに相違ない。三つの神棚のなかで一番大事だったのは、だから実は弁天さまで、銀で造った蛇がやはり銀の皿に載せて、そこに祀られていた。それが弁天さまだったというのは、記憶にあることではない。大神宮さまと荒神さまの名は覚えているのに、この二番目の神棚の主を何と呼んでいたか、どうしても思い出せなかった。そこで、蛇を祀ってあったことを手掛かりに、逆算して調べたところ、弁天さまを蛇の神とする伝承があることを知り、わたしの遠い、微かな記憶と符合するように思った。だから、今は弁天さまと思っている。父が、毎朝、この二つの神棚に敬虔な祈りを欠かさなかったのは、蛇の霊の祟りを鎮めるためだけでなく、その慰霊の気持もあったに違いないが、これはわたしの推察である。

ここで話したいと思っているのは、蛇の霊が憑依したその巫女さんのことである。そもそも何故、その巫女さんのもとを訪ねたのか、あるいは招いたのかは知らない。自分では忘れていた蛇が、目の前でこの巫女さんに憑依したのを見て、父は一も二もなく心服し、神棚を飾り、わたしの名付け親になってもらった。より厳密に言えば、わたしの名付け親になった巫女さんこそ、その蛇の憑依した巫女さんだったとわたしは思っている。そのような機縁がなければ、新たに授かった子供の名付け親になることを依頼するとは考えにくい。わたしは、歳の大きく離れた二人の兄が出征したために、危機感から生み出された子供だった。巫女さんがどう考えたのかは分からないが、兄たちの死を予想してか、長男のような名前を頂いた。そのことは両親から何度か聞かされたように思う。

その巫女さんと、記憶の限りでは一度だけ、お会いしたことがある。小学校の低学年のころ、両親が自宅にお招きしたときのことである。お顔は全く記憶にないが、母と同じような体形の小太りの中年女性で、印象としては、歌手の二葉百合子に似ている。床の間を背に、おもてなしの粗餐と、お神酒も召し上がって上機嫌だったのだろう。手を口にあてておホホと笑われるのが上品に思えた。わたしは、多分、これがあの子です、と紹介され、その膝に抱かれた。

ほどなく憑依のときがやってきた。お召しになっていた服が紫だったという記憶はあるが、どのような形状のものだったかは分からない。普通の和服ではなく、神職の着る特別の服だったと思う。憑依とともに、彼女は胡坐をかき、男言葉で話し始めた。取り憑いた霊が何だったのかは分からないが、上品なおばさまのまさかの変身に、そして、そのお告げを前に平身低頭している父に、わたしは呆然としていた。

やがて霊の去る瞬間がきた。その微妙な瞬間が、記憶のなかにある（ような気がする）。そのとき、巫女さんは何とおっしゃったのだろう。まさか、「お粗末さまでした」ではあるまいが、そんな呼吸だった。だから、一呼吸されただけだったのかもしれない。そして、膝を正座に戻し、上品なおばさまに戻ったた、何事もなかったように。余計な詮索のようには思うが、この憑依とうつつのあわいのとき、彼女の意識はどのようなものだったのだろう。ぷつんと霊が去るのだろうか、それとも明け染める空のようにうつつが帰ってくるのだろうか。また正気に戻ったとき、憑依のことを覚えているものなのだろうか。いずれにしても、心身に大きな負担のかかる仕事だ。

もうひとつ、錦糸町の巫女さんにまつわる記憶がある。記憶と言っても、古びたセピア色の写真のような、一コマの静止画像だ。そこに写っているのは、緑の「背広」を着せられ、一六歳年長の次兄に手を引かれてどこかを訪れた自分の姿である。純正の記憶ならば、自分の姿が映っているのはおかしい。夢の記憶のようにも思えるし、あるいはそういう写真があって、それを記憶に止めたのかもしれない。ともあれ、これをわたしは次のように解釈する。緑の背広は事実で、覚えてもいる。物資の乏しい時代にありえないような、飛び切り贅沢なオーダーメイドだった。しかし、他に着た機会があったようには思わない。まさに晴れ着だった。また、兄との外出も事実だ。よそのひとに、親子づれと間違われた、ということを兄は何度か語っていた。では、なぜ晴れ着で外出したのか。小さな男の子が晴れ着を着るとすれば、七五三しかない。そして、七五三で参拝する神社としては、わたしの場合、名付け親の巫女さんの神社を措いてほかにあるまい。そうなると、その一コマ記憶の情景は、巫女さんの錦糸町の神社ということになる。このふたつを七五三でつないだのは近頃のことだが、その情景を巫女さんの神社だという考えは以前からのもので古い。それは、だだっ広い、何もない空間で、その奥に神社とおぼしき建物がある。これもおかしいと言えばおかしい。神社は、ふつう、緑豊かな空間だ。空襲で焼かれたのかもしれない。

ヒロコには昔ゆかりの場所を訪ねたいという欲望がないが、わたしはそれに執心する。それに齢の効果もあるだろう。錦糸町の神社を訪ねてみたいと思うようになった。その場所は簡単に見つかるはずだ。錦糸町駅を出た左手に江東楽天地という映画館や劇場の集まった一角があり、そこを越した向こうにその神社はある。七五三の記憶に照らして大きな神社に相違ない。すぐに見つかるだろう。だが、念のためということもあるから（いまでは、あてもなく歩き回る体力はない）、地図を開いてみた。なんと、驚いたことに、神社はない。見つからない。見当をつけていた辺りにあるのは、都立墨東病院だ。あるいは、ひょっとして、移転したのかもしれない。都市の再開発で場所を変えた、ということもありえないわけではない。そこで大学の図書館で昭和二〇年代の地図を見てみたが、やはりない。病院は昔からずっとそこにある。索引で「神社」を捜してみても、それらしき神社は見当たらない。あの巫女さんが錦糸町の神社のひとだというのは、わたしの記憶違いだったのか。地図という科学を前に、そう認めざるをえないが、どこか残念な気持ちが残る。兄に訊いておけばよかった、とも思う。わたしの年齢からして、「錦糸町の巫女さん」がご存命とは思われないが（あのように霊が憑依する神女にも死があるとは、割り切れない感じがしないでもない）、そのゆかりの場所に行ってみたいという気持ちは消えない。フレイザーが分析して見せたような、物に執する原始的な心性だ。

この顚末は、わたしのなかに、本籍地を喪ったようなうつろな気分を残した。

2　礒山雅君――「研究」の引力

もう数年まえのことになる。二〇一八年一月二七日の夕刻、君はアイスバーンになった雪道に足元をすくわれ、転倒し、頭部を強打した。通りがかった大学生が見つけ、救急車を呼んでくれた。その時には救急隊員と応答できたということだから、意識があった。倒れたとき君は何を思っていたのだろう。その前日は君自身の博士論文の口述試験だった（奇しくもわたしの誕生日だ）。知るかぎり、それまでの半年間、君は非常に充実した緊張感のなかにあり、この日も強い達成感と幸福感のなかにいたはずだ。君の意識の生は突然途切れ、われわれの強い願いにも拘らず、戻らなかった。フォルティッシモのコーダ。並みの人生ではない。

親しく交わるようになって半世紀、われわれの間柄にまったく揺らぎがなかったのは、考えてみれば奇跡のようだ。その始まりはよく覚えている。二人とも東京大学の大学院で美学藝術学を専攻する学生だった。わたしは博士課程、かれは修士課程に在籍していた。この研究室では全員が出席する演習があり、年に一度は誰もがそこで研究報告をすることになっていたから、学生同士互いの関係は密だった。あるとき、かれからちょっとお話しできませんか、と声を掛けられた。それまで、この痩せて浅黒い顔をした後輩に特に注目したことはなかったから、この誘いにちょっと驚いた。喫茶店のルオー（当時は、本郷三丁目の駅に近く、画廊喫茶として広いスペースをもち、ルオーをはじめ油絵を何点も展示してあった）に行っておしゃべりをしたが、何の話をしたか覚えていない。つまり用事があってのことではなかった。

こうして、親しいつきあいが始まった。わたしの修士論文はデカルトの美学を主題とし、このテーマでの重要なテクストは哲学者若書きの『音楽論』だから、これを取り上げるところもあった。バロックの音楽論というところにかれは注目したのだろう。修辞学を援用したマッテゾンの音楽理論を研究していたかれには、バロック音楽の使徒のようなところがあった（わたしのデカルトも、礒山君のマッテゾンも今道友信編『精神と音楽の交響』、音楽之友社に収録されている）。この音楽修辞学は、作品を通して惹起される情念と音楽表現との関係を法則的に捉えようとするもので、おそらくこのテーマの選択自体、かれの音楽観、更には人間観、世界観に由来するものだったろう。当時の美学的な常識はモダニズム、あるいは形式主義にあり、感情表現を否定するハンスリックの音楽観がスタンダードな基調をなしていた。そんな時代のなかで、この内に熱を秘めた若者は、「プッチーニは〈血なまぐさい音楽〉だ」、とうそぶいていた。わたしが、藝術における感情や感動の問題を正面切って考える必要を認めたのは、ようやく最近のことだから、礒山君に後れることははなはだしい。二人してムラヴィンスキーの演奏会に行ったときのこと、「現れただけで、すごい人が出てきた、という感じがする」と喜んでいた。音楽はなくてもよいかのように聞こえかねないが、そうではない。かれは音楽に作曲家や演奏家の人となりが現れてくる、と確信していて、しかもそこに価値の重要な基準を置いていた。音楽だけではない。評論や学問についても、同じように考えていたように思う。学問についてそのようなことを言うひとは、あまり見かけない。藝術ではごくありふれた考えだが、藝術を論ずるプロの間ではほとんどいないのではないか。素人くさい意見を堂々と表明できるのは、強い確信があったからである。

とすれば、喫茶店に誘われたあのとき既に、わたしは人品を見られていたのだろうか。怖いことだ。そのような視線を意識することはなかったが、大分経ってから突然、告白を受けた。かれが『教授の部屋』（たしかそういうタイトルがついていた）という自身のホームページを立ち上げたとき、見てくれと言われて覗いてみると、最初の方に「尊敬する人　佐々木健一」とあるのに驚愕した。見てはいけないもののように、それ以来、この部分を覗いたことはない。自己紹介に「尊敬する人」という項目を設けるのもどうかとは思うが、わたしの名を挙げてくれたことは、全く思いがけないことだった。尊敬されるような者でないということは、わたし自身がよく承知しているが、かれがわたしのなかに何をみとめたのかは、今もなお謎のままだ。何かとんでもない誤解をかれはしていたのではないか、そんな思いに駆られることもあるが、生前のかれにも、さすがにこれは訊きにくいことだった。

かれの好意は感じていたから、付き合いは気安く親密だった。一九八二年、海老澤敏学長の英断だったのだろう、国立音楽大学はかれに二年間の留学機会を与えた。ミュンヘン大学に留学したかれのもとを、資料調べでパリに行った帰途、訪ねて数日泊めてもらった。クリスマスの季節だったが、夜にゼミがあるという日のコンサートは、智子夫人とご一緒した。真面目な留学生活だった。この二年間は帰国まかりならぬというきまりだったようだが、途中でこっそり一時帰国したかれは、電話をしてきて、御茶ノ水のすし屋で歓談した。以前と同じように、音楽をメインとするよもやま話だ。それから約一〇年後、今度はわたしが在外研究の機会を得た。その夏、礒山君は旧東ドイツ国境に近いヴォルフェンビュッテルの図書館を訪ねることになっていた。バッハに関係するルター派の神学書を調査するためで、その研究は名著『マタイ受難曲』の養分になっている（書き忘れたが、留学していたときには、処女作となる『バッハ 魂のエヴァンゲリスト』の出版が決まっていて強い充実感のなかにかれはいた）。そこでわたしは、ヒロコと次女のマイコとともにレンタカーでこの北の町までゆき、四人でドイツを南下し、ロマンチック街道を縦断した。かれがドイツに来たもうひとつの目的はバイロイトだった。予約してあった演目のうち『ラインの黄金』と『パルシファル』第一幕をわたしに譲ってくれた。その間、かれは知り合いのヴァイオリニストの伝手でオーケストラピットに入って、それはそれで得難い体験をした。とは言え、入手困難なバイロイトの切符を分けてくれたのは、普通にはありえない好意だ。

国内でもいろいろの機会をかれは与えてくれた。多分ヘンデルのオペラ『ジュリオ・チェーザレ』の観劇評から始まり、日本音楽学会のシンポジウムへの登壇（多分二回で、その二回目は、かれの同学会会長の任期の終わりにあたり、是非にと言われて引き受けた）、国立音大での集中講義（フランスのバロックオペラの話をした。このテーマで本を書きたいと思っていたが、結実しなかった）、同大学付属のベートーヴェン研究所での田園交響曲についての講演（この原稿はかれの還暦祝いとして献呈した）などである。これらはかれから頼まれたのだが、振り返ってみれば、わたしに益することの方が大きかった。つまり、われわれ二人の交友は、圧倒的にわたしの借越しだ。中公新書に紹介してくれたことも、忘れられない。

近年のことに話を絞ろう。この小文を書くために、かれとやり取りをしたメールを読みなおしてみた。今使っているPCに入っているのは過去五年分くらいだが、特にやり取りが濃密なのは、礒山君の亡くなる直前の二年間のものである。それらを再読して驚いたのは、あたかも歴史上の人物同士のやりとりのように響いたことである。既に歴史的距離感ができた、というわけではない。多分、議論をやりとりする三人称的な文体がそういう印象を与えるのだろう。今のメールの実用的な流儀とは遠い、昔の往復書簡のようだ。しかし、もとは私信であることに相違ない。それを一方的に引用するのはやや気が咎めるが、ここでもかれの好意をあてにすることにしよう。

それまでの日常的なやりとりは、互いの仕事、それについての感想の交換が主だった。長女のユキが出した童話『美雨 一三歳のしあわせレシピ』(しめのゆき著、ポプラ社)を送ったところ、読んで暖かい感想を返してくれた。ユキは有頂天になった。そこに示された優しさは、後輩の研究者たちに対してもかれの見せる優しさだ(ダメな研究には厳しかったが、それでも優しさがあった)。わたしの『論文ゼミナール』(東京大学出版会)については、「震えが来るほどすばらしいです」と言い、数日後「絶大な感動をもって読了」したと締めくくってくれた。この著作はわたしの自信作で、卒業論文を書く学生たちに、類書にはない有用なアドヴァイスを含んでいると自負しているが、かれの反応はわたしを驚かせた。感動や震えとは無縁な種類の著作と思っているからだが、かれの言葉に追従めいたものはない。何かがかれを感動させたのだが、著者であるわたしには、その何かが分かっていない。と書いたところで思い直した。この本には「論文のモラル」の章がある。感動に関係しうる話題はこれ以外にあるまい。多分、この章がかれを感動させた。そこまでは言えそうだが、特にどのトピックがかれの気に入ったのかはやはり分からない。もしもそれが分かれば、礒山雅の心のあり様を、特に学問なり研究なりに寄せたかれの思いを、その一端なりとも知ることができるだろうに。

わたしは、かれの好意に乗じて、いろいろな質問をするのが常だった。二〇一六年からの二年間、話題のほとんどはわたしからの質問、あるいはお願いである。それより少しまえのことになるが、まず、モーツァルトの偽手紙の件。海老澤敏・高橋英郎訳の書簡全集に載っていないので、それがどこで読めるのかを訊ねた。わたしは創造論を計画しており、それは今も構想のなかにある。当時はより簡略なかたちでまとめることを考えていて、偽手紙はそこで取り上げようとしていた。この問題の書簡は宛先も日付も不明の、見るからに不審なものだが、そして贋作であることが既に分かっているのだが、それにも拘らず、創造や発明を論ずるひとが繰り返し言及するテクストだ。内容を一言で言えば、天才は作品の全体を一挙に、霊感によって創り出す、というもので、わたしの考えと衝突する。取り上げなければなるまい、と考えていた(今も考えている)。礒山君は、調べたうえで、それが吉田秀和訳の書簡集に収録されていること、また日本では、小林秀雄の紹介によって流布したこと、更にそれが偽作であることが暴かれた顚末などを教えてくれた。

もうひとつは、ベートーヴェン論である。思い立って、二〇一八年の世界哲学会議(北京)

で発表しようとして書き始めた論考で、これも上記の創造論の序章を構成するように予定している。わずか数人の聴衆に向けた三〇分の話のために、数倍の長篇論文を書き、それを礒山君に読んでもらった。ベートーヴェンからの引用のなかで安心できないと思ったところは、原文を送ってくれ、と言うくらい念を入れて読んでくれた。その原文、ベートーヴェンの書簡のドイツ語には、一読して面喰ったと言う（かれは高校時代からドイツ語を学んでおり、その読解に関して、しっかりした自信をもっていた）。その箇所についてはお墨付きをもらったが、かれのコメント付きのファイルが、今もある。創造論を仕上げるときに恵まれるなら、再度開いて、かれの助言を活用するだろう。

ささやかながら逆のケースもある。かれの訳したクリストフ・ヴォルフ著『モーツァルト最後の四年』（春秋社）の場合である。贈られると、上記の手紙に関する章があるのを見つけ、直ぐに読んだ。すると礒山君から、「創造については第六章も参考になります」と言われ、そこを読むと、面白くなって全篇を読み通し、強い刺戟を受けた。この原著者には、海老澤敏さんの主宰されたモーツァルト・イヤーのシンポジウムでお目にかかった。礒山君もそのときが初対面だったのではないかと思うが、その後、バッハとモーツァルトの研究を通して、深い交流を続けてきたらしい。この本は、ニュー・ヒストリーの洗礼を受けた実証的な考察を基調とし、晩年のモーツァルトの創造活動を新しい光のもとに描き出した名著だ。念入りに読み、幾つかの指摘を書き送った。それらの殆どは、増刷時に活用されたということだから、わたしとしては珍しく、かれの仕事にわずかにもせよ貢献したことになる。しかし、かれからは、それを上回る言葉が返ってきた。この訳書がわたしの創造論に役立つという寸言に対する応答である。

なによりうれしいのは、長いことご親交を賜りたくさんのことを学ばせていただいた、事実上私を育てていただいた佐々木さんのお役に立てたということです。勉強してきてよかったなあと、思っています。（二〇一六年一月六日）

わたしの存在がかれの学問を支えたという同じ趣旨の述懐を受けた、と藤本一子さん（国立音楽大学でかれと同じ研究室だった）が、かれの死後、話してくださった。このときのメールに対するわたしの返しは次のとおりで、厳密に文字通りの思いである。

君を育てたなど、とんでもありません。汗顔の至りです。
お互いさまで僕も君の存在と仕事に大いに支えられています。

その貴重な支えである君に最後に会ったのは、君が事故に遭う半年前、二〇一七年一〇月二一日だった。近くに講演に来るからといって、わたしの最寄り駅まで来てくれた。わたしがお招きすると言ってもきかず、君にご馳走になる羽目になった（君は、わたしのことを、多分実態以上に貧乏だと思っていた）。すでに博士論文を提出してあり、快い疲労感に君は上機嫌だった。若いころビール一辺倒だった君は、もう久しくワイン党になっていた——君は、よいコンサートのあとには美味な晩餐が不可欠という、ほどほどの快楽主義者でもあった。駅での別れ際、そのワインで上気した笑顔で手を振る君の姿が、ラストショットになった。その日の主たる話題は、君の博士論文だった。だからこのエッセイもこの話題で締めくくろう。

人生で残している最大の課題は、《ヨハネ受難曲》のモノグラフィを書くことです。《マタイ》を超えるものにするためにギリシャ語のマスターは絶対必要と考え、勉強しています。『ヨハネ福音書』の第一章は暗記しましたよ。すらすら言えます。大きな本になりますから、博士論文にしようかと思い始めました。また、ご助言いただければと思います。

（二〇一四年九月一二日）

名著は、次の仕事では、超えるべき難関として著者自身に立ちはだかる。『ヨハネ受難曲』

はそのような難題を背負っていた。このメールについて、特に助言の必要なこととは思わなかった。それから一年後。

ようやく、《ヨハネ受難曲》のモノグラフィ執筆に本腰を入れています。ギリシャ語学習の効果が大きく、《マタイ》から二〇年経っただけのことはある、と言っていただけるような気がしてきました。

ところで、私は博士号を取るのを怠ってきておりまして、もしやるとしたら、これが最後のチャンスになります。出版のメドもついていますし、今更面倒なことをするのもどうかという気持もじつは大きいのですが、佐々木さんはどう思われますか。

（二〇一六年八月六日）

「博士論文」について、本当に逡巡していたと見えた。だから、今度はわたしも応答した。

博士論文、君に意欲があるようなので、挑戦してみてはどうですか。若い人なら、文句なしに勧めます。君の場合、殆ど実利はないでしょう。審査員は全員君より若いという ことになりますから、気づまりなこともあるでしょう。それでも、世の中は動いており、学位なしが例外的なことになってきつつありますし、特に外国人との付き合いでは、学位なしの教授というのはなかなか理解してもらえないあり方であることは、昔でも同じです。

特にアカデミックな世界のそとの方々には、いささか説明が必要だろう。文系の博士の制度は、ここ二〇～三〇年くらいの間に大きく変化してきた。礒山君もわたしも旧世代で、博士論文とは、研究の到達点をなすべきものだった。それが今、教授資格のライセンスのように変化している。理系と同じように大学院の博士課程を修了するときに提出し、博士号を得るというかたちにしようという政策である。国際規格に近づけようという趣旨はよいが、行き過ぎもありはしないか。礒山君は、提出すれば合格する、というようなありかたに疑問をもっていた（別のメール）。かれが自身の問題として考えていたのは、無償のチャレンジという昔風の博士論文である。その理念と現状とのギャップが、「今更面倒なこと」との思いにつながったのは、想像に難くない（その「面倒」には奥があるが、これについては後述する）。結局かれは決断し、母校ではなく国際基督教大学に提出した。それは自身の論文のテーマをその分野や近接領域の専門家に審査してほしい、との思いからに相違ない。

これをやるかやらないかで、人生が大きく変ったと思います。背中を押していただいたこと、心から感謝申し上げます。（九月二〇日）

研究一途の人生ではありませんでしたが、最後の段階で、やっとそう呼べる時期がありました。（一〇月二日）

この言葉はいずれも、われわれが最後に会った日より前に書かれたもので、特に二つ目の言葉は、論文の提出日のものである。会った日の歓談でも、かれはこれを繰り返した。背中を押したというような意識は、わたしにはなかった。彼自身の決断であるのは、言うまでもない。あとから読むと、「最後の段階」という一句は不吉な響きを立てるが、かれが、更新された人生を目の前に見ていたことは間違いない。それがどのようなものとしてイメージされていたのかは、わたしには分からない。ただ、更新された人生と言っても、それは必ずしもその後の人生のあり方に限られるわけではない。遡及的に、それまでの人生の全体像を画きかえる効果が含まれているはずだ。

その遺著『ヨハネ受難曲』（筑摩書房）について一言しなければなるまい。刊行されたものが、博士論文とは別ヴァージョンで、並行して準備されていた、ということには驚かされた。そのようなことをするひとは、まず、いない。だが、一般のケースに即して考えると、間違える。一般には、博士論文を書き、合格するとその公刊の可能性を模索する（博士論文は公刊することが要求されている）。しかし、『ヨハネ』については、上記のように、予め出版が決まっていて、それを博士論文にした。これは後先だけの違いではない。つまり、刊行予定の原稿を博士論文として提出した、というわけではない。博士論文にまつわる「面倒なこと」は、手続きだけのことではなかったはずだ。もしもそうなら、二つのヴァージョンを作る必要はない。これについて礒山君のした仕事は、多分次のようなものだ。すなわち、かれは出版ヴァージョンを『マタイ』と同じスタイルで書き進めていた。それを博士論文にする、という決断をしたとき、単にその出版ヴァージョンを学位論文として提出すのではなく、学問的な厳密さを徹底して追究することを考えていた。つまり、論文ヴァージョンには、一般の読者には無用と思われるような議論や証拠を盛り込んだ。この厳密さの追究は、おそらくかれが人生のなかで初めて徹底して取り組んだ課題だった。わたしは論文ヴァージョンを読んだわけではないので、これは推測にすぎない。しかし、博士論文を書くという経験が自身の人生像を変えるような意味をもったということとは、このようなことなのではなかろうか。

論文において追究されたこの厳密さは、公刊ヴァージョンにも影響を及ぼさずにはいない。だから、その『ヨハネ受難曲』は、一般の読者に向けた版と言っても、相当に重たい本だ。

『マタイ受難曲』は礒山一流のパトスで読ませるところがあって、より近づきやすかった。『ヨハネ受難曲』の方は、刊行されたヴァージョンでも、学問的に深く厳格だ。だから、簡単に読み流せない。右に引用したかれ自身の自負が、真実味を響かせる。ギリシャ語学習は福音書の理解に関わり、「ヨハネ福音書」のマタイを含む他の三つの福音書（共観福音書と呼ばれる）との違い、そこに固有の世界観を絞りこみ、バッハの作品にその光を当てるという役割を果たした。だが、厳密さの探求は全篇に及んでいる。およそ著作は読者を選ぶ。『ヨハネ受難曲』は、著者をたじたじとさせるような読者を得るに相違ない。そして、そのような読者たちがこの本に長い持続的ないのちを与えてくれるだろう。わたしは、とぼとぼと、福音書に関する冒頭部分を再読しているところだ。

君が集中治療室から一般病棟に移されたという知らせを、わたしは快方に向かっているよい徴と理解した。そこで何の懸念もなく、ヒロコとユキとともに、予定していた南仏への旅行に出かけた。そして、帰国した日に開いたメールは、旅立ったその日に君が亡くなったことを告げた。お通夜はメールを読んだその翌日だ、まるで待っていてくれたかのように。斎場は大勢の人びとであふれていた。君の多面にわたる活躍ぶりを示すものだ。だから、わたしの知っている礒山雅はほんの一面に過ぎないのかもしれない。それでも、それは君にとっても重要な一面だったと思っている。わたしの喪失感は深い。われわれふたりの間でつねだった、あのやりとり、無遠慮に君にものを訊ねる、応えてもらう、時には何かに誘ってもらうというやりとりができなくなってしまった。語りつくせぬことが残り、わたしの小さな世界に、大きな穴が空いた。「穴が空いたよう」という、このきまり文句の意味を教えられたかのようだ。そんなことを教えてくれることはなかったのに。

3 望月登美子さん――文（le style）はひとなり

望月さんは美学の大先輩で、なにくれとなくお世話になってきている。年齢差は一六歳、わたしにとっては姉のような存在だ（独りの姉は二〇歳違いなので、普通にそう感じて違和感はない）。旧制の大学の最後の頃のご卒業だが、東大が女子学生を受け入れるようになったごく初期の入学者で、女性の美学者として草分け的存在である。

その人生、終戦とともに新しく開かれた可能性に恵まれた反面、なお残る古い慣行に縛られたこともあったはずだ。フェミニズム全盛のいまなら、望月さんは間違いなく強い脚光を浴びていたと思う。美学説についてはあとで素描するが、その知性には呆然とさせられるところがある。まず外国語の能力。竹内敏雄編『美学事典』（弘文堂）では、ソヴィエト・ロシア関連の項目をすべて担当された。当時ロシア語の読めるひとは、美学の世界では稀有だったと思う

（いまでもそれは変わっていない）。望月さんの論文には、近代諸語や古典語のほかにペルシャ語の引用まである。外国語嫌いのわたしには驚異だ。さらに驚かされたことがある。今のわたしぐらいか、あるいはもう少しあとのことかもしれない。人間ドックのような検診を受けておられたが、そのメニューのなかに認知症の検査があった。二年目のこと、その担当医師に向かって「昨年、先生はこうおっしゃいました」と言ってそのきまり文句らしきことばを逐一繰り返して聞かせ、凹ませてしまった。

わたしが望月さんの知遇を得たのは、跡見学園女子大学の講師室でのことだった（講師室とは、非常勤講師が集まる大部屋のことである）。跡見短大の教授だった望月さんは、そこにも出講してらして、新米教師のわたしは同じ曜日の同じ時間帯に同室する、という機会に恵まれた。この講師室は陽光のなかに思い出される。隣に学長室があり、中世和歌の専門家だった伊藤嘉夫学長は、休み時間にはこの講師室に出てらした。そこで飛び交う会話はさながらアカデミックなサロンのようだった。その輪のなかの花形は望月さんと樫村治子さんだった――この講師室のことを書こうと思っていて、突然、樫村さんのことが記憶によみがえってきた。五〇年ぶりのことだ。NHKの女子アナの草分けで（ラジオ時代）、『私の本棚』という名著の朗読番組で知られた有名人だった。跡見では朗読法を教え、盲人のために本を朗読して録音テープに起こす、というヴォランティア活動をされていた。――さらに藤平春男さんがいらして、持参された蔵書の地の部分に、書名が墨書されているのをわたしが見つけると、ニヤリでもニコリでもない小さな笑みを浮かべられた。寡黙な方だった。

よく覚えていることがある。山本正男さんのことばとして教えてくださったものだ。《おにぎりはね、梅干しだけではだめなんです。白いご飯があるから美味しいのです。授業も同じです》という至言である。こころにすぐに響いた。駆け出しの教師として、むずかしい授業しかできないことを実感していたからだ。ただ、智慧のことばを頂いても、おいそれと実践できるわけではない。その白米の部分こそ経験を積んではじめて披露できるような性質のものだ。学生のことで思い出すこともある。ダンスの発表会に来てくれという学生がいて、会場にゆくと、望月さんと一緒になった。学生のために時間を割いたことに感心してくださった。

そのような機会を重ねるうちに、あるとき手相を観て下さった。望月さんの手相は西洋流のもので、洋書から学習されたとのことだった。手相観《み》は、相手のためというより、ご自身の習得された手相の流儀がどれほど当を得たものであるかを確かめるため、というようなものと見えた。望月さんによれば、それまで観たなかで最も立派な手相は、渡辺護先生のものだったそうだ。わたしについては、文科的であるだけでなく理科的でもあるとお見立てくださったことで、わたしを喜ばせた（手相にこのようなことが書き込まれているものだろうか、と今にして思わないでもない）。

跡見の講師室以前にも望月さんを存じ上げていたと思うが、パーソナルな関係はこの部屋から始まったので、その空間の明るく平和で知的な雰囲気が、わたしの望月さんの人格像を彩っている。一言で言えば、生き方にもことばにも凛とした女性という印象である。その著作には、特に女性を感じさせるところはない。望月さんの書かれた文章のなかで、女性的と思うのは次の一文だけだ。これは望月さんの唯一の著書である『エステティカ――やさしい美学』（一九八五年、文化出版局）のあとがきである。謝辞を除いた全文を挙げよう。

冬の夜は長い。この夜の長さが、原稿を書きすすめるよすがとなった。しかしそのせいもあって、秋の終わりにひきこんだ風邪は、いつまでたってもなおらなかった。声がでなくて、講義も満足にできない日々がつづいたが、その分、ことばは原稿にむかってほとばしっていったように思う。いつもはみつけ次第つみとってしまう薔薇の蕾を、この冬はひとつだけのこしておいた。原稿を書きおえた朝、凍てつく窓外の蕾の枝を剪《き》った。大輪の冬の薔薇は、色も香りもなく、暖かい室内で、ほわほわとひらいたが、たちまち堕ちた白鳥のようにうなだれてしまった。

……………

薔薇は散り、原稿は多くの人々の手と工程にはぐくまれて、本としての新しい生命をあたえられようとしている。風邪は——まだなおらない。

短い。「あとがき」はやり終えたという解放感からつい饒舌になって、達成にいたる経緯をあれこれ語りたくなる空間だ。ところが、ここで望月さんが語っているのは風邪と冬の薔薇だけだ。ひらがなの多い美しい文章のなかで、「薔薇の蕾」は漢字で書かれている。象徴的な意味を尋ねたくなるが、差し控える気持ちも動く。全体にみなぎる抑制の風が、そうさせる。この抑制こそ、その意味を問うべきものかもしれない。それは、望月さんの「こわさ」である。

先ずは、強いの意味でのこわさ、そしてそれをみとめたとき「怖さ」が生まれる。小学生のときか、高等女学校の生徒だったときかは分からない。望月さんには家庭教師がつけられていた。その大学生（多分）が彼女を「登美子ちゃん」と呼んだことを、「わたくし、ゆるしませんでしたの」と悪戯っぽい笑顔でおっしゃったことがある。その「ゆるさない」は「許さない」というより「赦さない」に相違ない。おそろしい。

その「こわさ」はわたしも経験している。親しいお付き合いは長く続いていた。お宅の近くに行ったときには電話して喫茶店で歓談しただけではない。誕生日にはカードを頂いていたし（怠け者のわたしは、望月さんの誕生日を伺ったが、一度もお祝いを申し上げたことがない）、ヴァレンタインの日には、多くの「ボーイフレンド」とともに、東大ブランドのチョコレートを頂いた。わたしは土地の果物などをお送りしていたが、あるときやんわりと謝絶のことばを返され、じきに回線は切れて取りつく島もなくなった。

上記『エステティカ』のまえがきによれば、その著作の最初の構想は「美学小径」というなかば自伝的なものだったが、初学者のために斯学の「正道」を示すべきと思い直した、という。読者として想定された人びとのなかには、当然跡見の学生たちがいるだろうが、文化服装学院と文化女子大学のデザイナー候補生たちも忘れてはいけない。望月さんはながく非常勤講師としてそこの教壇に立たれ、この本も学院の出版局から刊行された。国際的なデザイナーを多く輩出し、かれら彼女らは望月さんの教え子だった。どなただったか記憶は定かでないが、そのなかのおひとりを「○○クン」と呼んでらした。かれらに世界的な名声をもたらしたのは強烈な個性だが、個性の発揮は自然になされるものではなく、その表現への確信に依拠したものだ。望月さんの美学がその確信を支えたと考えるのは愉しい。あとで素描するが、望月美学にはそのような強さがある。どのようにしてその美学を形成されたのか、それを語ってくださるはずだった「小径」の方は、少し遅れて「美学への道なき道」というエッセイとして公表された（『学士会報』一九八八年四月号）。何分、著作のヴォリュームが短篇サイズに切り詰められているので、失われたあちこちの小径の記述を惜しむ気持が残る。

このエッセイが語っているのは、一九三九年、一九四二年、一九四五〜四六年、一九四八年の出来事だけである。最後の年は東大入学の年で、この「道なき道」の当座の到達点だった（つまりあくまで「美学への道」であって「美学の道」そのものは黙説されているにすぎない）。そして最初の一九三九年とは、望月さんが「美学とかいうもの」の存在を初めて知った記念すべき年である。すなわち『吾輩は猫である』の迷亭先生とは、日本で最初の美学の教授だった大塚保治である。漱石を読み、この人物の専門とする学問を百科事典で調べようとしたのは、美学の何たるかを知らなかったからだが、高等女学校一年の一二歳、早熟だ（わたしに「ビガク」という専門科目の存在を吹き込んだのは、高校三年の森山蓉二君だった）。

美学への本格的な関心に触れるのは、一九四二年、一九四五〜四六年の記事である。望月さんは生まれ故郷の広島で、高等女学校から女子専門学校に進み、国文学を専攻していた。文学への関心と美学が結びついた次第は、一九四二年、書店の店頭で手にした一冊の本との出会いの記述に窺われる。教学局編纂『日本諸学振興委員会研究報告（藝術学）』という論文集である（調べてみると教学局とは文部省の外局だそうだ）。今なら、絶対に町の本屋さんに並ぶようなものではない。この本のあちこちに「美学」の文字があり、立ち読みで印象に残った断片的な言葉にひかれ、望月さんはこれを購入し、家で熟読された。それどころか、戦火を越えてこれを大事に保管され、このエッセイにもその購入価格を記し、幾つかの文を引用されている。東京大学美学科の受験につながる強い関心を得た機縁であったことと思われる。

　では、それはどのような問題意識だったのだろうか。しかし、望月さんの筆は淡々として、こころに受けた衝撃のようなものは語られていない。立ち読みしたところには、後の京都大学教授井島勉さんの文も引用されているが、竹内敏雄先生の「文藝学における様式の概念」から、美学上「様式」とは「精神の骨相」あるいは「個性の法則」とされている、という言葉が引かれている（望月さんの手相観は、おそらくこの「精神の骨相」に通じている）。そのあとで、自宅でした熟読個所としてはただ一か所、つぎのような趣旨の部分が紹介されている。《日本の文藝は思想性こそ乏しいものの、世界観的な生活気分のようなものは豊かで、その様式の内的生命、根源的な力となっている。「まこと」「幽玄」「あはれ」「さび」などの美的概念も、世界観的な理念として作品の内面形式を規定している》。竹内先生の学風としてわたしが理解しているのは、厳密な論理性、学説全体の構築性であるので、直観的な洞察を語ったこの言葉（というより思想）には、新鮮な印象を覚える。望月さんは、これが「後に連なる印象として残った」としめくくっている。つまり、この論集が重要なのは、竹内先生のこの思想ゆえであり、それは望月さんの「美学の道」を規定するものとなった。「世界観的な生活気分」に目がゆくが、望月さんを捉えたのは「内的生命」という概念だったかもしれない。

　望月さんを美学と結んだ直接の動機は「あはれ」だった。一九四六年、女子専門学校の卒業論文としてこのテーマを選ばれた。当然、大西克礼の『幽玄とあはれ』（一九三九年）が重要な参考文献となった。望月さんが東大に入学された年は、大西先生の東大における最後の年だった。助教授だった竹内先生に、望月さんは深く傾倒され、「わが師父」（『エステティカ』「序」）と呼ばれるほどだ。その献身的な敬愛の深さに触れることなしには、彼女の肖像は点睛を欠く。次のことを公表するには、本来お許しを頂く必要があるかもしれないが、いまはそれもかなわないので、一方的にお許しを乞うことにしよう。暴露というような性質のものではないし、すでに歴史的事実として、すくなくとも美学を学ぶ人びとが共有すべき事実と言うこともできよう。竹内先生は歌人でもいらした（うろ覚えだが、「小竹茂」という筆名だったかと思う。姓の方は確かだ。先生が一時居住され、わたしの本籍地でもある町の名だ）。そして、亡くなられる前年『審美歌篇』（一九八一年）という歌集を私家版として出版された。先生の当初の構想では、そこに私情を詠みこんだうたが多く含まれていた。望月さんは、そこに取り上げられ、かつ存命である人びとのことを思い、それらを除くことをつよく求められた。「それらは必ずわたくしが出して差し上げます」とおっしゃって、諫められた。そして、その約束は、先生の生誕一〇〇年の二〇〇五年に『虹ひととき』として果たされた、『審美歌篇』と同じデザインの姉妹編として。望月さんが制作されたこの歌集は、この年、竹内先生を偲ぶ美学科同窓会（これも望月さんの発案だった）の参加者に配られた。多くのひとが感ずることと思うが、『審美歌篇』に比べて『虹ひととき』はうたごころが豊かな歌集である。

竹内先生のひととなりに対する敬愛だけでなく、望月さんはその美学説にも深い尊敬の念を懐いてらした。『エステティカ』は「故竹内敏雄先生の学風に基づく正統的な美学の道をしめす」ものだった（「序」）。たしかに、目次に示された論の構成は、竹内美学を踏襲している。この本を副題のままに「やさしく」読めば、竹内先生の主著『美学総論』（一九七九年、弘文堂）をやさしくリライトしたものかと見える。著者の意識において、このモデルに倣おうとしたのは真実だったろう。しかし、この本は難しく読むべきものだ。そこに望月さんの「精神の骨相」を読まなければならない。そう読んで初めて、望月美学の精髄に触れることができるし、語られなかった美学志望の動機も見えてくる。著者自身、著作の焦点が何であるかを語っている。すなわち、これは美学の諸問題を網羅したものではなく、「とくに美的主体と美的対象とのかかわりの問題」に重点を置いている（「序」）。だが、これとても特に個性的なテーマとは見えない。

慧眼の士ならば、そこに直ちに個性的思想を読み取るだろう。わたしには助けが必要だった。望月さんは多作ではないが、数篇の珠玉の論考がある。特に、「詩と原像——キーツ小論」（今道友信編『藝術と解釈』、一九七六年、東京大学出版会）、「詩と想像」（同『藝術と想像力』、一九八二年）、「精神医学と美学」（同『講座美学』第五巻《美学の将来》、一九八五年）などに照らして初めて、その精神の骨相は見えてくる。問題意識の中心にあるのは、美というかたちでの世界との出会い方である。想像力もこの出会いをつくる精神のはたらきである。論文に示された想像力の定義は、そのまま『エステティカ』にも繰り返されている。想像力とはすなわち、「主体が、自己の意識をも含めた所与の上に、独自の意味や心像《イメージ》を投企したり、これらを自由に変形したり結合したりする力動的な心的生産力である」。考え抜かれた定義で、異論の余地などあるまい。この「自由な生成の体験」によって生み出されたものであるがゆえに、写実的な風景画さえ仮象であり、その仮象性は積極的な意味を与えられ、強調される。しかし、「独自な意味やイメージ」（「意味」が先に来ることに注意したい）を投影しうるためには、「精神」は既に独自な世界を具えていなければならず、その世界はさまざまな経験とともに「生成」されてゆくだろう。これはとりわけ藝術作品の制作者において起こることだが、望月さんは観賞者の「解釈」もそれと構造的に似たものであると言う（そこで「追形成、追創作」が語られる）。ひとが世界に向かい合い、そこで生きるという関係から出発して考えるがゆえに、素材、形式、内容、感情等々、美学の基本的なモチーフについて、つねに対象的な契機（あるいは側面）と精神の側の契機・側面が区別して論じられている。これは他に類を見ない独自の捉え方である。

　望月さんの立論の原点は、「ミュトス」（神話、或いは物語）と「ロゴス」（「真理」を標榜する理性的認識）の乖離と、一度失墜した「ミュトス」が、文藝や藝術において別種の真理として復権するという歩幅の大きな精神史にある。その非ロゴス的な真理の典型として「エディプス・コンプレックス」やユング的な「原型」が挙げられているが、一層一般的なかたちで、永遠と時間の瞬間的スパーク体験が語られている。

時間が永遠になることはない。しかし永遠が時間の中に到来することはある。それは真に充たされた瞬間としての時であり、キルケゴールはこれを〈時の充実〉とよんだ。このような瞬間——永遠が実現された現在——こそ、客・主間の極限的な緊張関係において、もっとも充実した完成度の高い美がたちあらわれる瞬間であろう（『エステティカ』）。

もとは「詩と原像」において、キーツの《ナイチンゲールに寄せるオード》に即して語られたことだった。「やさしい美学」としては難解かもしれない。これをさらに噛みくだいて言い換えることができるだろうか。敢えて試みるなら、目の前が開けたような、啓示的な体験のことだ、と言えるかもしれない。それは日常性のなかで「きわ立った異質の瞬間」であり、まれな体験である。それは瞬間の出来事でなければならない。論弁的に、言い換えればロゴス的に説明できるようなものではないからだ。また、歴史的時間の方も、単なる受け皿のようなものではなく、呼びかけに対する応答の意味をもち、作り手や観賞者の資質が問われる。そこでこれをわたしは「スパーク」と呼んだのだが、望月さんはその触媒となるべきものの必要性を強調する。たとい、マッチ売りの少女の擦るマッチのような些少なものでも、物質的なものがなければ永遠は降臨しない。特に、質料的なものが想像力を刺戟する力をもつ。精神を頂点に置き、土のようなものを最下層に置く存在の序列を顚倒させる見方さえ示されている。キーツとともに望月さんが愛好するのは、オマル・ハイヤームの壺作りの詩だ。そこでうたわれているのは壺に成形される粘土だが、その粘土のなかに詩人は、亡くなった父祖や王者らの肉体の変容したすがたを見ている。

これは望月さんが美学者としての道を歩んで形成していった思想である。しかし、美学を志されたとき、既にいかほどかこれに通じること、すなわち永遠なるものとの出会いのようなものを経験しておられたのではなかろうか。少なくとも、そのようなものを希求しておいでだった。木幡さんの肖像（第11章）のなかで、「美意識」が中核的な問題であることを見るだろう。それは、いまわれわれがなじんでいる用語法とはやや異なり、美の体験を通しての人格形成をつよく意識したことばである。同じ意味合いでの同じ言葉遣いが、望月さんにも見られる。あの困難な時代を生き、美学を志した人びとにとって、美の体験が稀なもので、どれほどかけがえのないものだったかが窺われる。

一九四五年、広島女子専門学校二年生だった望月さんは、水島の飛行機工場に勤労動員されていた（その時の寮生活の様子は、『水島の春　ある女子動員学徒の手記　故稲毛恒子遺稿』という私家版の冊子に描かれている）。そこでは、監督士官の「日本精神注入棒」の脅しが見張っていたが、寮では「軟弱な歌を特に心をこめて歌った」。公休日には倉敷に出て大原美術館を訪ねられた。コッテの『老馬』を見つけ（当時の技術水準のものではあるが）複製とのあまりの違いに驚かれたという――ペルシャ語を引用するあの原典主義（それは大西先生の流儀で、それへの反抗が「やさしい美学」だというが、学術論文ではそのマナーに忠実だった）に照らすと、論文のなかで言及されている美術作品はどれもオリジナルの体験によるもののように思われる。例えば、アンドレア・デル・サルトの『最後の晩餐』におけるユダの表情の読み取り（「ユダと魔女」、『服飾美学』第一一号、昭和五七年）。望月さんは世界中を旅して回られたから、当然、各地の美術館を巡行された。――やがてその虱だらけの寮は空襲にあい、女学生たちはあちこちの寺に分宿されるようになり、工場までの通勤距離が伸びた。「美学への道なき道」から次の一節を引用したい。

通勤途上の見はるかす緑の水田は満々と水をたたえ、田の面田の面に空と雲とを映していた。豊葦原の瑞穂の国の七月は、夜はもとより、夜明けも夕暮れも、光も風も美しかった。逆に大原美術館のあの閉ざされて人工的な美の宝石箱が、贅沢で不健康でうとましくすら思われることもあった。

ここに、あの「ミュトス」と「ロゴス」の相克から説き起こし、ひとと世界の交感を描く望月美学の原点があるように思う（それにしても何という美しい文章か）。わたしが望月さんの論考のなかで、最も愛する一篇、『二〇世紀日本美学論文集』のようなアンソロジーが編まれるなら、是非そこに収録してほしいとおもっているのは、「風景美学の研究――自然との交感」（『跡見学園短期大学紀要』第二七号、一九九一年一月）である。おそらく定年退職される直前に書かれたもので、わたしの知るなかで、最も後期の著作である。美学入門以前の「豊葦原の瑞穂の国」体験と、そのキャリアのほとんど締めくくりのようなこの論文は、（のちに示すように）円環状につながる。そのタイトルは、風景美の体験が「自然との交感」である、という考えを示しているが、これだけではその思想の実体を窺うことは難しい。この論文が語っているのは、ひとの存在を包む大きな時空間としての自然と、その自然を織りなす生と死のドラマ、そしてひとが自らの存在をなす動性として自然とのあいだに求める「交感」である。文章は稠密で、その一部を切り取って引用することが難しい（インターネットで公開されているので、是非、その全文をお読みいただきたい）。それでも、その核心部分の紹介を欠かすことはできない。そこには、望月さんの世界観、死生観が凝縮されているからだ。この論文は、華厳の滝に投身自殺した一高生藤村操の遺書の引用に始まり、そこに窺われる「自然との交感」を語る。書き出しから自然美体験は生死の境目においてとらえられている。それが並みの自然美論とは大きく異なるところだ。自然そのものが、すでに生死の総体と見られている。

現前する自然は、今視覚的に行雲流水のごとくには動いてはいないけれども、その草木は宇宙論的時間、すなわち悠久のリズムのなかに年々歳々生成と消滅をくりかえしているのである。自然におけるこの無常ならざるものの理と、無常との重層構造において現前する自然的存在の実相への観入をえてこそ、さらに進んで人為的存在の真としての無常を本質直観することができるのである。

自然の「実相」とは「無常ならざるものの理」、すなわち「悠久のリズム」を刻む法則的な運行である。そこに「観入」する「無常」とは、「死への存在」としてのひとの意識である（ここでもまた、『エステティカ』の基本構図そのままに、意識とその対象世界とのそれぞれの独自性をとらえようとしている。「風景の美の深さは、美的静観者の人格の深さに照応してたちあらわれ」る、と望月さんは言っている。その独特の美学がもたらした洞見である）。この「自然」とはあらゆる存在を包括する広大な宇宙だ。すなわち「無機的自然存在」から、「植物的存在」、「心意的動物的存在」、「精神的人間存在」が相互に関連しつつ、「さらに人間による自己対象化としての文化的人為的事象をも包括して風景としての全体像を形成している」。この自然はひとを包摂しており、ひとはだれでもやがてその自然の基層としての「土」に帰る。このように自然の一部でありながら、無常の意識として、ひとは自然と「交感」する。交感がひとの本性だからである。

交感とは、本来人が世界内存在として他者とともに生きるものであること、すなわち自己と他者との共同存在性を否定した在り方がないという、人間存在の基底から発した根源的希求作用である。人は日常的な共同存在性において、喜びや悲しみなどの自己の心情を他者にもになわれ、また他者の心情を自己の心情として共に体験し、さらには自他の完全な人格的全一性の体験を持ちたいと希求するにいたる。それはごく一般的な意味で究極の「愛」の体験として実現しうるであろう。

喜びや悲しみなどの心情は死をうちに抱えたひとの実存の反映であり、それを他者のみならずコスモスとしての「自然」との「交感」によって「全一性」を実現すること、それが望月さんのとらえた風景美の体験である。釈迦入滅の日の満月のもと、はなに埋もれて死にたいと念じた西行や、梨の木と桃の木の下を墓所として無数の花びらに覆われていたオマル・ハイヤームにおいて、「地上の自然との永遠の交感」の「夢想」が読み取られる。

この末期の目で見た自然美論は、美しく、深く、こわい。「豊蘆原の瑞穂の国」の一文が描いていたのは、昭和二〇年七月の情景だった。そこにはすでに、自然を広大なひろがりにおいて捉えるヴィジョンが鮮明に見られる。死生観の彩りは、いまだ潜在している。無いとは言えまい。語り口は明朗だが、戦時下の緊張のなかでの経験だ。それからひと月後、誰もが知るあのすさまじい破壊的爆撃が広島を襲った。望月さんの実家は市の中心部にあり、家族の安否を尋ねて爆心地に入り、二次被爆に遭われた。ここまでは誰かに教えられて知っていた。しかし、そのときの詳細をお訊ねするのは憚られたし、ご自身はどこでも語っておられない。平和を享受した戦後の年月のなかで、八月には毎年帰郷してらした。わたしはそれが郷土愛によるものとのみ思ってきた。しかし、この風景美学を読むと、見方は変わる。命を奪われたご家族、友人の方々への色褪せぬ慰霊のお気持ちに、それはよるものだったろう。そのお気持ちが、ご自身の存在への自省へと屈折したところで書かれたのが「風景美学の研究」だ。この稀有の論考は、美しさと悲惨さが隣りあわせであることを、教えてくれる。

この肖像の仕上げには、望月さんの「フモール」に触れなければなるまい。フモールという語は聞きなれない、という向きも少なくないだろう。ユーモアに相当するドイツ語だが、美学者たちはユーモアとは異なる独特な意味合いが「フモール」にはある、と主張している（わたしは英語とドイツ語のこの違いを検証したことがない）。その意味合いとは、世界に対するイロニー的な距離感をもった諧謔の精神とでも言うことができよう。単なるジョークではなく、その根底に世間とまじわらない超脱的な意識、あるいは世界観のあるもののことである。望月さんはお茶目だ。論文には見られないが、エッセイにはその口吻が散見する。一例を挙げれば、飛行機工場への動員について、「動員がもっと続いていたなら、卒業時には学業はお粗末でもおそらく腕のいい板金工に仕上がっていたにちがいない」と、おっしゃる。始めにも書いたが、社会が変わり学問への道が開けた。しかし、変らなかったところもあった。その後の境遇をどう思ってらしたのだろう。研究を続けられて、立派な論考を残されながら、学界では前に出ようとはされなかった。そのユーモアは生来の気質によるところもあろうが、フモールの色合いをもったものだったのではなかろうか。

あるとき、東大美学科卒を自称しながら、わたしの知る限り、どの先輩とも交際のないという不思議な人物がいることに気づき、お訊ねしたことがある。調べたわけではないが、学歴を詐称した大学教師が、日本中には相当数いるのではないかと思う。公募の際、応募に必要な書類として卒業証明書のようなものを要求されないことが珍しくないし、要求されても、外国の無名の大学卒の場合だと、書類の偽造は容易だろう。この人物の件とは別に、ある身近な人間関係についてもお訊ねしたことがある。学歴詐称を容認しておられるわけではないものの、無害な昔話の脚色についてては、よい仕事をしておいでなのだからそれでよい、とおっしゃって、わたしの好奇心をたしなめられた。これが「世間」に対する望月さんのスタンスだ。

お会いして別れるとき、望月さんは、さようならではなく、「ごきげんよう」とおっしゃるのがつねだった。宝塚風と思っていたが、跡見学園のすでに廃れかかった流儀だそうだ。それを望月さんは好んでらした。

4　「戦後派」群像――強いられた自由を生きた人たち

東京大学の美学科にとって、構内に陣取る出版会にはたのもしい守護神がいた。斎藤至弘《みちひろ》さんという学科の卒業生で、『講座美学』全五巻が実現したのも、斎藤さんあってのことだった。わたしの場合、『作品の哲学』も斎藤さんに作って頂いたし、『美学辞典』は斎藤さんからの教科書を書かないかというお誘いから始まったものだった。

その教科書企画だが、お引き受けしたものの、わたし自身、既成の教科書を使って授業をすることに、どうしてもなじめなかった。だから、ほかの教師たちも他人の書いた教科書を使い、確信をもってその所説を語ることには、強い拒絶感があるはずだ、と思い、この難題の解決に苦心した。いろいろ模索した結果が、知識として人びとが共有している主題、概念、考え方などを柱に、わたしの私見に属することをそれらとは分けて書く、という形式で、結局、共有された知識を強調して辞典を名乗ることになった。

その途上、斎藤さんが亡くなられた。わたしには突然の悲報だったが、癌とのことだった。そこでこの「教科書」の担当を引き継がれたのが、門倉弘さんである。そう伝えられたとき、ちょっと嫌な感じがした。少し前、後輩の原稿の出版をお願いに行ったとき、かれからぴしゃりと断られたことがあったからである。今にして思えば、その原稿のスタイルが出版会の学術スタイルに合わない、ということだったから、もっともな理由だった。しかも門倉さんは、どうしても出版会で出したいというのなら考えます、とも言ってくれたので、十分暖かい対応だった。しかし、そのときは、言いにくいことを、言いにくくなく口にする人だと思った。斎藤さんは、対応に相当苦慮されたのだろう。いま思えば、「担当の編集者からお答えします」という正論で、斎藤さんは逃げられたのかもしれない。もっとも、持ち込まれた原稿を断ることは、編集者の基本的な仕事に相違ない。その日常的な責務を果たしただけだったろうが、門倉さんは煙たいひとだという印象が、わたしには残っていた。

実際に仕事をしてみると、門倉さんは実に頼りがいのある編集者だった。この著作を辞典として刊行する最後の決断は、かれの励ましによるところが大きい。最終段階の校正では、お宅が拙宅から遠くないということもあって、近くの喫茶店に来てくださって仕事をした。内容に肩入れしてくれて、これだけの情報量なら倍の値段でも売れる、とまで言ってくれた（そんな値段の本は誰も買わないだろう、とわたしは思ったものだが）。思想的な同調を求めているわけではないが、このように著作をかたちにするうえで、書き手の思い入れを共有してくれることが、わたしにとって望ましい編集者の第一条件だ。ともあれ、細々とではあるが、『美学辞典』が今日まで途切れずに、増刷されつづけていることは、門倉さんも勲章と思ってくれるのではなかろうか。ただし、学問の状況の大きな変化を経て、いま、わたしはこの辞典の大幅な改訂と増補を計画している。残念なことに、門倉さんは、もういない。定年後、奥様と屋久島に旅されたときの土産話をうかがったのが、最後になった。

その門倉さんが定年まぢかのころだったろう、美学の後輩の小田部胤久君を紹介してほしいと言われた。門倉さんの後継者の小暮明さんと四人で、大学の裏手、根津の飲み屋に行き、まずはよもやま話を愉しんだ。いきなり仕事の話では味気ない。しばらくおしゃべりをしたところで、小田部君にあらためて用件を伝え、お引き受けしたらどうですか、と言葉を渡した。すると、門倉さんが、

言ったなー、このヤロー！

と叫んだ。きっとジリジリしてらしたのだろう。もちろん驚いた。わたしは「このヤロー」呼ばわりされたことは、それまでにもなかったし、その後もない。そして、世間的な見地を少し

だけ加味して言えば、まがりなりにも、わたしは東京大学文学部教授だった。しかし、この一言で、わたしはすっかり門倉さんが好きになってしまった。

その肉体はひ弱に見えて、門倉さんにはどこか野人の雰囲気があった。スーツにネクタイが不似合とは言わないが、借り着のような印象をあたえた。素面《しらふ》のときはヴォルテージが低く、お酒が入って始めて輝きはじめる、そういうタイプだった。「このヤロー」を聞いて、その確信を強めた。静かに話しておいでのときは、本当の門倉さんではないような感じがした。この印象とリンクする事実もある。出版会に落ち着くまえ、いくつかの出版社を渡ってこられたらしい。それだけのことなのだが、わたしは何故か闇市の匂いを嗅いだ。真正の闇市を知っているわけではないので、この印象自体真に受けて頂かない方がよい。そんなわたしが自然と連想するのは、文学部事務長だった金子要人さんである（事務長は文学部の事務方のトップである）。

今道友信先生が退官されたころのことだ。講座制だった東京大学文学部では、研究室が助教授だけになると言わば自治権を喪う。同僚の藤田一美君とふたり、そんな状況に置かれたところで、同情してくださったのだろう。事務長からは、何くれとなくモラル・サポートをいただいた。その金子さんは、何かのおりに、闇市派とも言うべき来歴を語られたことがある。精悍に日焼けし、中年太りとは無縁にスリムな体躯を、いつもダブルの紺のブレザーで決めたスタイリストで、異色の官吏だった。門倉さんの場合とは異なり、こちらは本物の闇市だ（自称ではあるが)。

東大にはクリーンデイのような慣習があり、事務職員たちがそれぞれのテリトリーの掃除や草むしりなどをする。ある年、金子さんが先頭に立って愉快に草むしりをしておられるのを目にした。他の事務長もなさっていたのかもしれないが、このときの金子さんはファミリーの長のように見えた。その姿に強い印象を覚え、そこに参加しないことに良心の咎めを感じた。また或るとき、どなたかが、金子さんはグレン・グールドがお好きだ、と教えてくれたことがある。その話題を持ち出すと、「このあいだもラジオでやってましたね。スイッチを切れと言ってやりましたよ」と、きっぱりした口調で応じられたが、その意味はいまもってわからない。闇市経由の来歴もホラかもしれない。よく笑い、その笑顔は柔和だが、ものを言うときは確然として頼りがいの感じられるひとだった。ホラかもしれないと思わせるところを含めて、その人品は「闇市」という荒波に鍛えられたもの、とわたしは思った。

金子さんは異色だが、異端ではなかった。世間一般にそういう雰囲気がまだ残っていた。やくざ映画が人気を呼んでいたのも、その世相の反映だ。門倉さんも金子さんも、わたしより一世代から二世代くらい上のひとだったが、わたしが大学に入学した頃、かなり年長の先輩たちが在籍していて、かれらには年の差以上に大人の雰囲気があった。これは本物の大人だが、戸山裕の藝名でギリシア悲劇の主役を演じていた西井一志さんは、同じ高校出身の先輩ながら

（その藝名はこの高校の名による）、実は旧制の府立四中卒業で（四中が新制で戸山高校になった）、予科練、他大学を経て東大に入り直し、在学一三年に及ぶ猛者だった（西井さんの履歴を教えてくれた高取秀彰さんは、戸山高校で西井さんとわたしの間の年代だが、やはり東大長期在学者として知られている。面白い話もいろいろ教えてもらったが、それは高取さん自身に語って頂くほかはない）。わたしが大学院の学生だったころ、偶然、大学近くの路上で西井さんと出会ったことがある。すると、卒業証書の入った筒を恥ずかしそうにかざされた。かれは三七歳だった。東大入学も、新しい人生を拓くため、というようなものではなかったろう。予科練から生還したあとは余生だった。演劇はその余生をすがる杖だった。日比谷の夜空の下、ギリシア悲劇の巨大な人物たちを演じて、役柄に負けないスケール感が戸山裕にはあった。西井さんも、金子さんや門倉さんと同じく、「戦後民主主義」とは別の意味で戦後派と呼べると思う。社会システムが一新され、行き先不明の荒波のなかを生きたひとたちだ。その生き方は三者三様ではあったが。

この世代のひとたちのなかには、学生のやるアルバイトとは別の世界で生計を立てているのではないか、と思われる人びとがいた（西井さんは歌舞伎座の入口に小さな店舗を構える甘栗屋の主人だった）。有名なのは光クラブで、東大生が起業して高利貸しを営んだ事件だ。終戦直後のことで、わたしに直接の記憶があるわけではなく、文字を通して知った知識にすぎない。その主人公の山崎晃嗣には、世の中に対する抜き差し難いルサンチマンがあり、そのルサンチマンに鍛えられた強靭で冷酷な意志があった。わたしのように柔《やわ》な人間は、束になっても太刀打ちできない人物と見える（幸いなことに、立ち向かうべきなんの謂れもないが）。わたしが学生だったときには、社会はすでに相当安定し、終身雇用制のもとで、表街道が標準化していた。いままたそのような人生回路は崩れつつあり、会社に就職しても転職するひとは珍しくない。さらに、学生からいきなり起業する人も増えているらしい。しかし、かれらはリクルート（六〇年代初めに江副浩正が起業）型で、新しい領域を開拓し、いずれ新しい大企業となって社会をリードして行こうという野心をもっている。「戦後派」は違う。強いられた状況のなかで格闘し、ただひたすら生き抜こうとした人びとである。

門倉、金子、西井の三者は三様に生きたが、その姿には同じような風格がにじんでいた。かれらの発散する独特の匂いは自由の匂いだ。この「自由」は、哲学辞典に載っている意味のそれではなく、誰もが承知している日常語の自由である。格闘を伴うその自由には、どこか「ちょい悪」の風情が漂う。サルトルが言ったように、強いられた自由がひとの置かれた基本条件だとすれば（« l'homme est condamnée à être libre »）、その自由を生きた人びとには、そのひとの生地が現れる。ここに素描した三人の先輩方はそれぞれに、あるいは強烈な、あるいはじんわりとした人間的魅力にあふれていた。できることなら、もう一度お会いしたい、そんな思いの懐かしい人たちだ。

5 秋山慎三先生――中学教師の「本意」

秋山慎三先生をご存じない方もおられよう。ご紹介すれば、わたしにとっての秋山先生は、東京教育大学出身で社会科の中学教諭である。わたしが学んだ新宿区立西戸山中学校には、有名大学出身の先生方が綺羅星のように並んでいた。一年次のクラス担任だった江藤（後に木根淵）みどり先生はお茶の水女子大学を出られたばかりの才媛だったし、東京理科大学出身の理科の先生、東京外国語大学出の英語の先生などなど。そのために、それを当たり前のことと思いこんだのが間違いと気づくまで、わたしは二〇年近くを要した。

なぜ、先生方の出身校を知っているかといえば、PTA誌の末尾に先生方の（今風に言えば）個人情報を集めたページがあり、住所や出身校、取得してある教員免許状の種類などが記載されていたからである。情報に関して、牧歌的な時代だった。

先生の風貌は、中肉中背、似顔絵で見た漫画家の馬場のぼるに似ており、おほほほと笑われるところがお公家さんのように見えた（お公家さんの知り合いがいたわけではないが）。わたしが社会科クラブ（正式の名称が何だったのか、覚えていない）に入ったのは、多分、秋山先生のお人柄と、その日本史の授業の面白さに魅せられたからだ。このクラブでどのような活動をしたかは、ほとんど記憶にない。貧窮問答歌を暗唱するように言われたことは覚えているが（いまでも、口を衝いて出て来る箇所がある。暗記は悪くない）、それを指導されたのは別の先生だった。

教師としての秋山先生にまつわる記憶は二つある。ひとつは、多分そのクラブ活動の終わったあとの流れだったと思う。同じ町内の或る場所を知っているか、と訊ねられ、そこにご案内したことだ。漠然としか知らない母子寮だった。思い起こせば、同じ町内にもうひとつ母子寮があった。戦争未亡人と呼ばれたお母さんたちが、子供と暮らすために用意された宿舎だ。その事実は知っていたように思うが、これら母子家庭の生活がどのようなものであるかは、思ってみることもなかった。訪ねた母子寮は、大きめの建物で、玄関からまっすぐ広い廊下が奥に伸び、両側に部屋が並ぶ、そんな造りだった。先生は目当ての生徒の部屋を訪ね、少しして戻ってらした。ただそれだけのことだった。その生徒のことは知っていたが、家庭を垣間見たのは初めてだった。かれに父親がいないということも、それまで知らなかった。この訪問は、不登校の事情を尋ねる趣旨のものだったらしい。これは教師として当たり前の職務だったのかどうかは、分からない。ただ、わたしは先生方のそういう姿を初めて目にした。

　より強い印象をうけたことがある。同じクラスに、非行少年風の生徒がいた。ある日の授業のとき、いつもの「前ふり」のなかで秋山先生は、「われわれは言葉によって、気持ちを通わせ合う。しかし、言葉にはより根本的なはたらきがある。それは何か」という趣旨の問いを投げかけられた。わたしには謎めいていて分からなかったが、勢いで手を挙げた。多くの手が挙がったが、きっと誰もわかっていなかった。先生はその「ぐれた」生徒を指名され、かれは、「われわれは言葉を使って考えます」と見事に答えた。わたしは二重に驚いた。もちろん先ずは、かれが答えたことに驚いた（そのときのかれのどや顔が記憶にも鮮明だ）。小学校のときから知っていたので、そのかれが、そのように難しいこと、あるいはより正確に言うなら普通の素直な意識にとって死角にあるようなことを考えつくとは、思いもよらないことだった。そしてもうひとつは、その死角にある真実、自分が言葉を使って考えている、という事実は、わたしにとって啓示のようなものだった。だが、そもそもこれは、若い日本史の教師がなじむような主題だろうか。たとえばいま、この重要な事実をきちんと認識している大学生がどれだけいるだろうか。秋山先生の旺盛で幅の広い問題意識、知識欲がうかがわれる。

　この思い出は一度書いたことがある。しかし、いまでは捉え方が大きく変わった。かつては、その級友の名答に感心しただけだったが、今ではあれは、秋山先生がかれに言わせたことだった、と確信している。わたしの考えはこうだ。その前日、あるいは数日前、先生はこの生徒と話し合いをもたれた（先生はクラス担任ではなかったから、上記の母子寮訪問の件と合わせてみて、生徒指導のような役目だったのかもしれない）。説教ではなく、よもやま話だ。その雑談のなかで、この言語の機能の話をなさった。そして、授業の際に、この話題を持ち出して、かれに答えさせた。もちろん、自信を持たせるためだ。自信をもてば、勉強だって面白いことがある、と思えるようになるだろう。現に、言葉でおしゃべりをするだけでなく考える、言葉がなければ考えられない、ということを知ることは愉しいことだったはずだ。かれもその解答を誇りとした。答を教えられて、それを披露しただけじゃないか、と考えるのは浅はかだ。かれは言語のこのはたらきを理解した。そうでなければ、既に教えられていたことであっても答えられない。秋山先生は上手に誘導して、かれが自発的にその答を見つけたようになさっていたに相違ない。理解するとはそういうことだ。

秋山先生の歴史の授業に、わたしはわくわくしていた。その面白さの正体については、あとでお話しするが、何より先ず教室でのこのわくわく感があり、加えてこのような生徒指導を目撃して、わたしは秋山先生を理想の教師と思った。先生からも「健坊」と呼ばれて、可愛がっていただいた。都立高校入試の翌日（当時は都立高校を第一志望とする中学生が圧倒的に多数だった）、廊下の隅に呼ばれ、何点くらいとれたかと、訊ねられた。わたしは内申書がさしてよくなかったので、心配してくださってのことだ。その日は、自己採点をして、何点とれたかを計算する日だったが、点数を申し上げると「それなら大丈夫だ」と言ってくださった。この試験の時期、いま、心に去来する先生のことばがある。「試験をいやだと思っているひともいるだろう。たしかに、それはきびしい競争だ。しかし、この世の中で入学試験だけは公正な競争だ。ひとりひとりの学力だけが判定される。だから、がんばれ」という趣旨のことを話された。そのときは、額面通りのことだけを理解した（近年、公正ならざる入学試験についての報道がある。それは、中学三年生に話された秋山先生のこの言葉に照らして考えるべきことと思う）。しかし、それを覚えているということは、その言葉の含意を感ずるところが既にあったのかもしれない。字面を見れば、これは常識的な事実を語っているに過ぎない。しかし、言外には、入学試験以外の競争試験は、必ずしも公正なものではない、という認識がある。秋山先生はそのような経験をお持ちだったのだろうか。その種の経験のなかったひとに、あの言葉は口にできるようなものだったのだろうか。

さて、わたしが無事に高校に進学すると、先生は、分校が独立して出来た第二中学に移られた。なぜかちょっと残念な気がした。そう申し上げると、「社会の教師がひとり移らなければならないのに、誰も行きたがらない。だから、わたしが行ってもいい、と言った」とのことだった。その後数年すると、先生はさらに、都立教育研究所に「指導主事」として移られた。これも同様に、自ら貧乏くじを引いてそうされたのだと、確信した。本当は栄転だったのかもしれないが、そのようなことはまるで念頭になく、理想の教師が現場を去ることは、非常に残念なことと、ただそう思った。大学院の学生だったころ、広尾の有栖川宮記念公園のなかにあった研究所に訪ねて、当時は珍しかった百円寿司屋に連れて行って頂いた。美学を始めたばかりの頃で、感性の繊細さが、国語はもとより算数、その他の教科において必要な繊細さと変わらない、というようなことをお話しした記憶がある。この考えに先生は関心を示された（ちなみに、この感性概念はいまもわたしの考えの中心にあるが、何か重要なものが欠けている、と思っている。その何かを理論化するのは相当に難しい）。新しい指導主事の仕事（それが何なのか、わたしにはよくわかっていない）に関連する関心だとは思ったものの、左遷されたかのようなやるせなさを覚えた。若い生徒らのなかにいない先生は、孤独に見えた。もちろん、わたしの勝手な思いである。

その後、先生は研究所の教育研究部長へと昇進され、最後は東京女子体育大学の教授に転身された。その頃、お宅を訪ねたことがある。わたしが非常勤講師として教えにいっている大学に、お宅は近かった。先生は「気のいい女の子たちに教えるのは悪くない」とおっしゃっていたが、わたしには宝の持ち腐れのような気がした。歴史の教育効果を考えれば、すでに体育を専門として選んでしまっている大学生よりも、より可塑性に富んだ中学生の方がずっと高い。

大学教授という場は先生の本意だったのではあるまい、と思った。これもわたしの独り合点だ。いま、ここに先生の肖像を書こうとして、自分の思い込みに向き合う。そして先生の本意は何だったのか、と問わなければなるまい、と思う。

これまでにも、それを問うべき機縁が、実はあった。学生のころ、何かの相談事をしたとき、先生から知人の女性を紹介され、訪ねた。その時のことで唯一鮮明に覚えているのは、「秋山さんも本意ではありませんよ」という言葉で、これは語句そのままの記憶である。それをことばとして覚えているのは、「本意」はホイと発音すべき語だという国語としての学習が鮮烈だったからだ。覚えてはいたが、そのひとの言葉の意味そのものを考えることは、いままでなかった。秋山さんもと言われたからには、ご自身にとっても何かが、多分現実の生き方が、「本意」ではなかったのだろう。記憶では、その方は幼稚園か保育園のような施設を運営しておられた。秋山先生にとって、中学の社会科の教師は本意ではなかったのか。当時わたしは、そのようなことは考えてみることもなかった。「秋山さん」は教師が天職と確信していたからだ。それに、生徒が先生の人生を考えることは、普通はない。先生の人生を考えるとき、先生はすでにいかほどか友人である。

「本意ではありませんよ」という言葉と響きあう事実がある。以下に触れるが、先生には数点の著書があり、そこに掲載された著者紹介には、どれも、「東京高等師範学校卒業」とある。

わたしは、先生が「東京教育大学」出身と覚えていたので、違和感を覚えた。もちろん、この小文を書こうとして文献をひもといたときのことである。西戸山中学のPTA誌は間違った情報を記載していたのだろうか。そこで、ウィキペディアでこの組織の歴史を調べてみた。その複雑な沿革についてわたしが理解したのは、おおまかに言えば次のように要約できる。母体となったのは東京高等師範学校で、もともと、中等教員の育成機関として設立された組織だ。繰り返される学制改革のなかで、大学への改組の要求が内部から高まり、東京文理科大学、次いで東京教育大学が設立されたが、高等師範学校もその内部に付置されるかたちで一九五二年まで存続した。その一九五二年は秋山先生が卒業された年で、先生は高等師範学校最後の卒業生にあたる。ただ、このときの組織名は「東京教育大学東京高等師範学校」であるから、先生が東京教育大学出身を名乗ることに何の不都合もない。それを敢えて「東京高等師範学校卒業」と書かれることには何か意図が感じられる。

その意図が何であるかについては、いくつかの読み方があるだろう。穏当なのは、新制の教育大学に入学し、そこを卒業したひとと紛れるような書き方はフェアではない、と考えられた、ということで、これが先生の気持ちだったのかもしれない。しかし、わたしには「本意ではない」境遇を訴えているようにも聞こえる。ウィキペディアの「東京高等師範学校」の項には、次のように書かれている。「東京高等師範学校では、授業料が無料だった。また、政府から金銭（学費と被服費）が支給された。その代わりに、卒業後は旧制中学・高等女学校（戦後の高校に相当）や師範学校（教員養成大学）などの教員になる義務があった。しかも、所定の年数（年数は時代や条件により変動する）は教員を辞めてはいけなかった。帝国大学の授業料を払えない貧困家庭の優秀な人材が、授業料無料の高等師範学校に集まった」。秋山先生の場合がまさにそうだったのではなかろうか。つまり、中学校の教師であることは、先生の本意ではなかった。その後のキャリアは、わたしが思っていたのとは逆に、先生がご自身の本意に近づくためのものだった、と見ることもできる。もしもそうだとするならば、指導主事への転出は栄転であり、このプロモーションにおいて「東京高等師範学校卒」は重要な履歴だった、と読むこともできる。つまりそれは教育界におけるエリートのしるしだったのかもしれない。

このような反省のなかで、先生を識るには著書を読むことが不可欠、と思われてきた。先生に『やさしい日本の歴史』という著作のあることは知っていた（和歌森太郎監修で、秋山先生はこの歴史学者の「門弟」だった）。奥様を交えての歓談の席で、あれはよく売れた、とおっしゃっていた。もとは『毎日小学生新聞』に連載されたものだ。先生が四十代初め、指導主事をしておられたころの仕事である。これまで、子供向けの読み物と思い、わたし自身が読むべきものとは思っていなかった。単行本化されたものを、図書館から借りて読むことにした。昭和四九（一九七四）年に同時刊行された四巻本である。わたしの住む地域にある千葉県立図書館には、第三巻と第四巻しかなかった。鎌倉時代から現代までをカバーしている。この二冊を通読して、新鮮に驚き、深い感銘を受けた。これが小学生向けの歴史書なのか。たしかに特に難しいわけではない。知的な小学生なら愉しく読んで、わくわくするだろう。老境にあるわたしもわくわくした。わたしは小学生や中学生のときの歴史（社会）の教科書がどのようなものだったか、記憶はなくなっているし、現在の教科書を知らない。しかし、これは断然教科書を超えて個性的だ。わたしの知らないことがたくさん書かれている。それは当然かもしれない。何しろ専門的な歴史書を読んだことがないのだから。しかし、問題は知識の量ではない。背景的な知識と見えるようなことがふんだんに書き込まれている。背景があって初めて、主題は生気を帯びて浮かび上がってくる。

『やさしい日本の歴史』を個性的にしているのは、著者である秋山先生が特に関心を払うモチーフがあって、それらが全篇を貫いているからである。それらは言わば、先生の世界観を表現している。思いつくままにいくつか挙げてみよう。まず、識字率。『平家物語』が語りものであることは、それを鑑賞したのが、貴族のようにそれまで文字の文化を担ってきた人びとよりも、むしろ武士や庶民など、文字を知らない人たちだったからだ。また、同じころ、鎌倉幕府が武士に与えた法である御成敗式目は、漢字の読めない地方武士を対象として、やさしい文章で書かれていた。更に江戸時代になると、文字の読める層が広がり、出版活動が盛んになって、人気の出た本は一万部も売れ、滝沢馬琴のように印税で生計をたてるプロの作家が現れたこと（本の値段が豆腐の値段と対比して挙げられている）が指摘されている。このように、文字を読めるかどうかは、社会の仕組みと密接している。そして、もちろん、教室でのあの「前ふり」につながっている。

弱者への注目も印象的である。女性の社会的地位が同情すべきものとして語られる。まずは戦国時代における政略結婚、すなわち政策の具として使われた女性のことが指摘される（信長に嫁がされた濃姫が十歳だったと、記述は具体的だ）。江戸時代には、「腹はかりもの」と言われ、子供ができないとき、それどころか夫が浮気をした場合でさえ、離縁されるような弱い立場を表わす言葉として、儒教的な「三従」（親に、夫に、子供に従う）が紹介されている。次に、長らく農業は国の経済を支える産業で、農民は主たる被支配者だった。『やさしい日本の歴史』における農民は、弱者でありながら知力と努力によって経済発展を担った強くもある存在として描かれている。荘園制のもとで、過酷な年貢に苦しみつつ、鎌倉室町期の農民は、開墾で田畑を広げ、灌漑を拓き、農法を工夫して生産性を上げたこと、その結果、ひとの支配から生産物の支配へと支配の形態が変わり、律令制の根幹をなしていた戸籍が無用になっていったことが指摘される。農業の革新と戸籍という、かけ離れて見える事実のつながりが面白い。土一挨は、このようにして自らも富を蓄えていった農民たちの独立心の現れだ。江戸時代になると、農民のこの力を抑えこむために厳しい身分制が敷かれ、農民が武士になることを禁じられる。この時代のはじめ、日本の人口は二倍になる。総人口の八〜九割は農民なので、人口増とは農民が大幅に増えたことを意味する。それはそのまま経済力の高まりである。しかし、その後幕末まで人口は横ばいが続く。課税が重くなり、農村に余力がなくなったからだ。明治維新への動きを担った主体は下級武士だった。「しかし、このときの、民衆の動きを忘れてはなりません。そうしないと、歴史は、何人かのすぐれた人たちの力だけで動くように考えてしまうおそれがあるからです」と注意し、志士を援助したのは豊かな農民だったことを指摘している。

ここにすでに見られるように、歴史を動かす力として経済に注目するのもこの本の特徴と言えよう。「お金儲け」についての儒教的な偏見はない。ものの経済が貨幣の経済に変化してゆく。貨幣を必要としたのは高まってきた物欲である。人びとは徐々にぜいたくに慣れ、後戻りできなくなってしまう。とくに生産者でない支配層に、その影響が甚大に現われ、借財がふくらんで没落してゆく。江戸期のことだが、綱吉時代末期の幕府の年収が七六〜七七万両だったのに対し、支出は一四〇万両に上っていた、という数字まで挙げられている。社会のダイナミズムを生み出しているのは、武力よりも経済力だ、ということが印象付けられる。

この辺でやめよう。ダイジェスト版日本史入門のようになってしまった。ここに紹介した内容、そんなことは常識だよ、とおっしゃる向きもあるに相違ない。しかし、わかりきっていることも、たどり直すのが無意味というわけではない。しかも、それらは語り手である著者の姿をくっきり浮かび上がらせていて、無表情な常識ではない。これが小学生向けに書かれた本の内容であることに、わたしは驚き、感動した。ユキは大学で日本の中世史を勉強した。そこで、『やさしい日本の歴史』を読んでもらった。その感想は次のようなものだ。「基本的に、これは、歴史を暗記してもらいたい、という趣旨ではなくて、歴史の楽しさを自分で発見して、好きになってもらいたい、というメッセージをこめながら、書かれたものだと思います。そして、非常にむずかしいことにチャレンジしているな、と思ったのは、読み物としても読めるように、随所に工夫をこらしている。〈普通はこうだけれど、こんなことがあって、こうなるんだよ、どうだ！〉みたいな、読み手の興味を喚起するような書き方があちこちにある。たんに歴史を教える以上のことを目指していて、そこが、普通の歴史を教える本とは大きくちがうところだと思いました。大きく歴史の流れが変化するところの記述が非常にドラマティック。事実を語りながら、許されるぎりぎりで物語を描いているのが、とっても面白い。〈歴史って面白い！〉と、子どもが思うようなツボをとてもよく、心得ているなあと感心します」。ユキは最高の読者だ。わたしの感動は、中学生のとき、教室で覚えたわくわく感の蘇生でもある。このことを、生前、お伝えできなかったことに、親不孝にも似た悔悟の苦さが混じる。

先生には『歴史教育素材としての技術』（一九八九年、ぎょうせい）という著作もある。著作としてはやや雑然としているが、問題意識は変わらない。人びとの生活を変える大きな力が技術である、という観点から技術という話題を歴史教育に取り込むべきことが論じられていて、さまざまな事実が、数量的なかたちで（例えば、江戸と大坂の間の飛脚の要した時間が時とともに短縮されていったこと）集められている。これも、わたしが子供のころから関心をもっていたことだが、それが面白いのは、往時の人びとの生活を浮き彫りにするからである。

『やさしい日本の歴史』のあとがきで、先生は読者である子供たちにこう語りかけている。「あなたがたが、人間と歴史について強い興味と関心をもって、〝あたたかい心〟から出たしんけんな問いかけをし、〝つめたい頭〟をもって深く考えてくれるなら、日本と世界の歴史は、あなたがたの問いにこたえてくれるにちがいありません」。「あたたかい心とつめたい頭」、これこそ、秋山先生、あなたそのものです。この本を書くことであなたの本意は遂げられたのではありませんか。

＊

またお会いしたいと思い、電話したときのこと。転んで頭を打ったので今は会えない、と言われた。電話を切る直前、唐突に「家永三郎って、どういう人でしたか」と訊ねた。もちろん、和歌森とともに東京教育大学の歴史学を代表するひとりで、秋山先生は当然、その謦咳《けいがい》に接しておられたはずだ。一般には所謂教科書裁判で知られ、単に映像的な印象から、変なひとという印象をもっていた。ところが、このころ『上代倭絵全史』を読み、その学問的迫力に圧倒され、その人物に関心をもつようになった。秋山先生は電話口の向こうで、しばらく黙っておられたが、「わたしはあんなに頭のよいひとに逢ったことがない」、と言われた。それ以上の詳細は、お目にかかったときに、と思って電話を切った。これが最後だった。一か月後、もう快癒されたころかと電話すると、奥様が出られて、先生の長逝を告げられた。

Web春秋版はこのように終わっていた。しかし、その後、先生の最後のこの沈黙が気になりだした。何を知りたいのかも言わずにいきなり「どういう人」か、と問われて、言うべきことを探してらしただけなのかもしれない。しかし、沈黙のあとで言われたのが「頭」の卓越性についてのコメントだったことが、その沈黙に対するわたしの反問をさそった。あれは、「心」に言及することを飲み込んだ沈黙だったのではあるまいか……。もちろん、これは純然たるわたしの推測で、家永氏に一面識もないわたしにはその当否を判断できない。事実は、秋山先生が、沈黙のあとで、あんなに頭の良い人に逢ったことがない、と言われたということだけだ。

6 ハインツ・ペッツォルト（Heinz Paetzold）――やさしきさすらいびと

わたしの親友たちは、だれもみなやさしい、やさしかった。それでもハインツのやさしさは独特で、例えばこうだ。かれは緩やかなヴェジタリアンだった。しかし、小田部胤久君（かれはハインツのもとに留学した）に指摘されるまで、そのことにわたしは気づかなかった。菜食文化が特に知的な人びとのあいだでトレンドとなっていることを、それとして認識していなかったからだし、そしてもちろんハインツの好みについて鈍感だったせいだ。少しだけ言い訳をすれば、かれはそのポリシーが周囲に波風をたてないようにしていた。肉は食べないものの魚やチーズは好んでいた。そしてわたしがすき焼きをご馳走しても、嫌がるそぶりは見せず、喜んで（と見えた）賞味してくれる、という風だった。自己流を騒ぎ立てないそのさりげなさが、ハインツそのひとであり、それがわたしは大好きだった。

その肖像を書こうとして、はたしてわたしは、ハインツをよく理解していただろうか、という不安を覚え始めた。履歴を見ると、かれが決して恵まれた境遇を生きたわけではなかった、と思われるからだ。たとえば、著書や寄稿論文に付けられた著者紹介（通例、著者が自分で書く）の内容が、殆ど毎回異なっている。安定した居場所がなく、アイデンティティが捉えられないかのようだ。やさしい笑顔のかげに、見えない苦悩があったのではないか。

ハインツを初めて「見た」のは、一九八四年夏、モントリオールで開かれた国際美学会議でのことだ。これはいろいろな意味で記憶に残る会議だった。その臨時総会での議決を経て「国際美学会」は改組され、それまでの大家たちの委員会から、各国の美学会を束ねる連合組織へと大きく変貌した。この改革された新組織において、やがてわたしも、そして次いでハインツもその会長職を担うという名誉を得たが、旧委員会に比してこの新組織の方がよかったとは、速断できない。総会ではこの新組織を立ち上げるために当面の委員を選ぶ選挙が行われた。わたしの記憶にあるモントリオールのハインツは、総会の会場で椅子に座ったその横顔だけだ。言葉を交わした記憶はない。それにも拘らずその姿を鮮明に覚えているのは、この選挙において、ハインツを委員候補として推薦したからである。椅子にすわったハインツとは、その選挙結果を待っているときのかれだ。

なぜ、かれを推薦しようと考えたのか。かれの研究発表が「すぐれて」いる、と思ったからに相違ない。このときかれは、バウムガルテンが、美、藝術、感性を束ねる「美学」という学問を提唱したことを以て、近代美学の創始者に相当するという主題の、アカデミックな研究発表をした。それが当時のわたしの美学観に適合していた（国際美学会議では、このように「学問的」な発表は決して多くない。このスタンスを含めてハインツは「すぐれて」いた）。このモントリオールの会議には、坂部恵さんも参加してらして、悟性と理性の序列がカントにおいて逆転し、そのことが「生産的（あるいは創造的）想像力」の思想を可能にした、という発表をされた（これはたとえば『ヨーロッパ精神史入門』の第一八講〜第一九講に相当する）。おふたりは宿舎（国際会議では学生寮が宿舎として使われることが多い）の部屋が隣同士で、研究テーマが重なり合うこともあり、親しく語り合われたらしい。だから、ハインツと最初に言葉を交わした日本人は、おそらく坂部さんだった。おふたりはそれぞれの論考を高く評価した。坂部さんのことばが総会でのわたしの推薦行動を後押ししたのかもしれない。ただ、総会でハインツは十分な支持を集めるに至らなかった。

ハインツと最初に言葉を交わしたときのことも鮮明に覚えている。それは四年後の、次の国際美学会議のときだった。ノティンガムで開かれたこの会議はユニークで、わたしはいまも理想的な会議と思っている。町からはなれた大学の寮に全参加者が宿泊して議論する、というスタイルだった。多くの参加者は、会期前日に到着していた。何故かはもう分からないが、わたしはハインツを待っていた。そして到着していないことにじりじりしていた。多分、小田部君に紹介されて会えたのは翌日のことだ。当時アムステルダムに住んでいたかれは、船を使ってイギリスに来た。おそらくロッテルダムとドーヴァーを結ぶフェリーだ。ドーヴァーからノティンガムへは鉄道に乗る、というおそらく最も安価なルートだった（かれはあまり裕福ではなさそうだという印象が残ったが、実はわたしのほうがずっと貧しかった）。ところがドーヴァーの税関（あるいは国境を管理する事務所）に止められ、その日の鉄道便に乗れなかった。テロリストではないか、という嫌疑によるものだった（EU発足前のことで、ヨーロッパでもそれぞれの国に入るときにはパスポート・コントロールがあった）。その話を聞いて、ぶしつけなことだが、大笑いしてしまった。かれは、痩せているわけではないがスリムで、一八〇センチを超える長身。ジャケットとパンツは多分コーデュロイの黒、紫色のYシャツ、首にはスカーフ、それに度つきのサングラスをかけていた。テロリストのファッションというものがあるのか、あるとすればどのようなものなのかを承知しているわけではない。しかし、怪しいと思えばそう見えないこともない、といういで立ちだ（これは、ほとんどユニフォームのようなかれのスタイルだった）。わたしの失礼な大笑いにも拘らず、この会議を通してわれわれは打ち解けた。

次のマドリード会議（一九九二年）の会期中に、東京藝大の美学の教授だった武藤三千夫さんがわたしに、ペッツォルトさんを招聘したいと思うがいいか、と了承を求めてこられた。わたしも同じ計画をもっているかもしれない、と思われたらしい。わたしは喜んで賛成した。これは集中講義をしてもらうための招聘という趣旨のものだったと思う。申請は採択され、ハインツは三か月ほど滞在し、藝大での講義のほか、他の大学や美学会などでいくつかの講演をおこなった。あとで少し詳しく書くが、都市の美学（あるいは哲学）はかれの美学の核心をなしていて、数年後、これについての国際シンポジウムを主宰した。そこで自身の研究報告につけた図版は、ニューヨークのショットが半分、このときの東京滞在時に撮った写真が残りの半分を占めている。しかもそのほとんどは、下町のさびれた民家や廃業したか廃業寸前と見える喫茶店などのショットである。論文そのものがアカデミックなスタイルで書かれているのにひきかえ、ここにはかれの関心が奈辺にあったのかをより雄弁に語るものがある。

このとき初めて、かれの連れ合いであるヴィオラに会った。ハンブルクの造形大学におけるハインツの教え子で、その同窓生であるラインハルト君によれば「極楽鳥」のような華やかな美女だった。ハインツは所謂バツイチで、その失敗に懲りて、結婚というかたちの共同生活を絶対的に拒否していた。それは無神論的なかれの思想とも符合する態度ではある。だが、ヴィオラは結婚を望んでいたと思い、わたしもヒロコもちょっと気をもんだが、われわれの立ち入ることのできるようなことではない（ハインツの亡くなったいま、残されたヴィオラはどうしているだろうか）。

かれらの滞在期間のおわりごろ、ヒロコとわたしは新宿西口にあるレストランに招かれた。高層ビル群の谷間のようなところにある独立家屋の店で、かれらは街歩きの途中で見つけたのだろう。六角形をしたその建物はよく覚えているが、料理は覚えていない（特徴的な料理の専門店だった。かれは食後にカプチーノを好んで飲んだが、カップのなかをかき回したスプーンを舐めるくせのあることに、このとき気づいた）。これは、拙宅にお呼びした返礼だったが、同時にかれから講師としてのお招きを受けた。このときかれは、オランダのマストリヒトにあるヤン・ファン・エイク・アカデミー（JVE）という、小さな、造形美術を専門とする大学院大学の「理論科」の主任教授となっていた。わたしの招聘とならんで、ハインツは藝大の学生だった小川真人君（現東京工藝大学教授）をスカウトして、マストリヒトに留学させたりした（ほかに、喜屋武盛也君（現沖縄県立藝大教授）のカッシーラー研究にも目をかけていた）。招聘をうけてマストリヒトに行ったときには、小川君にも世話になり、心強い思いをした。わたしはここに三か年続けて招かれた。一回目はベルギー側から入ったが、二回目三回目にはアムステルダム着のルートにした。するとハインツは、ヴィオラと一緒にスキポール空港に迎えにきてくれた。ヒロコへのブーケのプレゼント付きだった。ちょっとはにかんだ笑顔のイメージとともに、「ヒロコ、これを君に」と言った暖かいバリトンの声音がいまも耳に残っている。

ハインツがわたしを呼んでくれたのは、日本という異文化の美学を語らせるためだった。新宿で話を切り出したときにその意図をはっきり言ってくれなかったので（それは対人的な場面でのかれの気の弱さのせいだ）、ＪＶＥに着いてから大慌てをする羽目になった。しかし、結果として、この経験がその後のわたしの研究生活の展望を大きく変えることになったから、ハインツは大恩人だ。異文化への関心はハインツの美学、あるいは哲学における中心的なモチーフだった（上記の図版にもそれは表れている。そのニューヨークのショットのなかにはチャイナタウンの一枚もある。多分ニューヨークもかれには異文化、あるいは多文化の町だ）。モントリオール会議の際のバウムガルテン研究のような美学史的問題意識を喪ったわけではないが、背景へと後退していた。かれは哲学、美学そのものについても、文化哲学へと変容させることの必要を主張していた。この姿勢は、おそらく博士論文『ネオ・マルクス主義の美学』において既に見られたものだ。「ネオ・マルクス主義」としてかれが取り上げたのは、ブロッホとベンヤミン、アドルノとマルクーゼで、藝術の社会への思想的影響力を重視するテーマと、特にベンヤミンからは街歩きのアイディアを受け継いだ。街を散策することで、そこに現れた新しい文化の萌芽を読み取るという構想である。かれの六〇歳を祝って、ハンブルク大学における三人の教え子が編んだ記念論集がある。タイトルは『象徴的街歩き――文化哲学的探索《パトロール》 *Symbolisches Flanieren, Kulturphilosophische Streifzüge*』となっていて、ハインツが到達した哲学的立場をよく表している（「街歩き」はもちろんベンヤミンから、象徴、文化哲学はさらにジンメルとカッシーラーから、ハインツが学び取ったものである）。この思想傾向が前面に現れてくるのはマストリヒトに在職したころのことで、すでに触れたように、JVEにおけるかれの最後の仕事として都市の美学を主題とする国際的なシンポジウムを主宰したことは、そのことをよく示している。

成熟期のハインツの哲学がどのようなものだったかを示すために、この論文、すなわちシンポジウムの基調講演に相当するかれの研究報告「都市の哲学的概念」を紹介したいと思う。「都市の哲学的概念」というタイトルにハインツが込めたのは、街歩きを介し、変貌してゆく都市のなかに時代を読み、そこに現れている新しい諸問題に即応すべく、哲学も文化哲学へと変化してゆかなければならない、という考えである。モダンがポストモダンに移り、形而上学的な（すなわち一義的な「真理」を旨とする）哲学が失効し、多元性への意識が強まった。その多元性の哲学は文化哲学において既に着手されており、ジンメルからカッシーラーへ、さらにベルリンでその二人を聴講したベンヤミンへと継承され、展開されてきている。この新哲学を哲学史的に正当化するのが、「都市の哲学的課題」だった。この街歩きによる哲学は実践的で、当然、ハインツ自身の生き方、その生活に根ざしている。そこで、わたしの垣間見たかれの生活ぶりを紹介することにしたい。まずは、回り道になるが、かれの住まいの描写から始めよう。

マストリヒトはオランダ最南端の都市で、アムステルダムとは各駅停車のみのローカル線が結んでおり、この鉄路は国境を越えてベルギーのリエージュへとつながっている。ハインツはアムステルダムに住み、この鈍行列車で数時間かけてやってきた。ＪＶＥには数室の宿舎があり、マストリヒトに来たときにはそこに泊まるのを常としていた。かれのアムステルダムのアパートはなつかしい。中央駅から歩いて五分くらいのところで、広い運河沿いにあった。目の前の運河にはボートハウスが係留してあった（ボートには住所が割り当てられ、郵便が届くようになっていたし、電気や水道などの都市インフラの利便にも与っていた）。アムステルダムのアパートは、京都の町家以上に間口が狭く、奥行きが長い。ハインツの部屋は、日本風の数え方でいう一階を占め、右に出入り口の扉、左にはガラス張りのショー・ウィンドーのような空間があった。これはオランダではごく普通の造りで「飾り窓」そのものだ。ハインツの部屋の窓は紙で目隠しされ、「スキポール空港拡張反対」のポスターが貼ってあった。出入り口の方は、下に一見雑巾のような丸めた布が置かれていた。隙間風防止、ということだった。かれの家は、入って靴を脱ぐようになっていた。最初の空間がメインの居間で、高い天井まで届く書棚には本がぎっしり詰め込まれていた。ペイパーバックが目についた。居間の奥には、明り取りらしき中庭の空間があり（そこは何もない空間だった）、右側から廊下で奥に通じている。奥は二層になっていて、下はダイニングキッチン、上はロフトで寝室に使っていた。そこには半畳分の畳が一枚か二枚（記憶は定かでない、二枚かと思うのはヴィオラ用を考えてのことだ。ヴィオラは別に自宅があり、二人は交互に行き来していた）置かれていたのが印象的だった。和室のように敷き詰めるのではなく、寝殿造りに住んだ貴族のように、座布団風に使うものだった。これは日本滞在で畳を知って求めたのだろう。ヨーロッパでも、こういう風変わりなひとの要望に応じて、畳が手に入るとのことだった。

ひとには分かち難く結ばれた居住空間があるのかもしれない。わたしにとってハインツの相貌は、このアムステルダムのアパートのたたずまいと切り離せない。簡素で、書籍以外にほとんど何もない空間。その大量の書籍は、先端的な哲学を渉猟するかれの研究生活を絵にしたもののように見えた。ドイツ語圏はもとより、特に英米の注目すべき美学者たちをJVEに招いていたが、その人脈地図は、この書斎でトレースされたものだった。現代の哲学的思潮を反映したその地図は、時代の大きな曲がり角と、哲学が変貌すべき必然性とをかれに確信させたものだったろう。あまり生活臭はなく、あたかも哲学者ハインツ・ペッツォルトの肖像画を描くために設えられたセットのようでもあった。

もうひとつ、「飾り窓」について、忘れられないことがある。ハインツは自宅のこのスペースを紙で目隠しをしていたが、一般的には八の字形にレースのカーテンが掛けられ、飾り物が置かれ、猫のいることが多い。ただ、部屋のなかは丸見えだ。マナーに疎い異邦人であるわたしやヒロコは、どうしてもそこを覗き見てしまう。あるとき、湯上りらしき老境の男性が上半身裸でそこに座って外をにらんでいる、その視線に威圧され、驚いたこともある。ハインツが教えてくれたのは、この窓はプロテスタントの教えに則したもので、神の目に対して何も隠すものがない、ということを示すための装置ということだった。このことは、プロテスタントの意識をよく示すもので、文献的な裏付けがほしいと思ったが、いまだにそれは果たされていない。ただ、上記の「都市の哲学的概念」のなかに同じ思想が紹介されている。それは小さな都市をよしとするJ＝J・ルソーの『ダランベールへの手紙』に論及した文脈でのことである。ダランベールの書いた『百科全書』項目「ジュネーヴ」のなかに、ヴォルテールの意をうけて付言された劇場をつくるべしとの主張があり、それにルソーが反論した文書である。そこに、小さな共和制の都市がよいのは、人びとの生活が「他人に対して透明で、それゆえ道徳性が日常生活と調和しているからだ」という一節がある。ルソーの思想、あるいはカルヴァン派の思想がオランダの窓の慣習を形成したのかどうかは分からないが、ハインツの頭の中ではおそらくルソーと窓が連合していた。あるいは、あの窓についての説明は、ルソーに基づくハインツ自身の解釈だったのかもしれない。

しかし、そもそもハインツは何故、アムステルダムに住み、マストリヒトで教えていたのか。モントリオール以来、わたしにとってかれはハンブルクのひとで、ハンブルクのひとということはハンブルク大学のひとというに等しい。だから、かれがアムステルダムに住んでいると聞いて何故なのだろうと思ったし、新宿でＪＶＥへ招かれたときにも、小さな驚きがあった。ドイツ留学に際して、ハインツ・ペッツォルト氏を受入れ教授に選んだ小田部君も、同じ認識だったと思う。わたしがハインツの生涯のなかでよく分かっていないのはこのことだ。マストリヒトでのシンポジウムから約一〇年後、雑誌『ディオゲネス』の特集号として「新美学」を主題とする一巻を編集することになったとき、わたしはかれに都市の美学についての寄稿を求めた。この号が印刷されたとき、著者としてのかれの名には、故人であることを示すダガーが付されていた。その「都市デザインの美学」は、参照されている文献が「都市の哲学的概念」とは全くと言ってよいほど異なっていることが印象的だった（かれは死ぬまで研究の虫だったし、また二つの論考を較べると「哲学」と「美学」を区別して論じていることが分かる）。その末尾に、やや唐突にＨ・ルフェーヴルが持ち出され、その思想として「住まう」ことの重要性が紹介されている。しかし、ハインツ自身の生涯を見ると、あたかも定住を嫌い、芭蕉さながらの旅人であったかのような印象を受ける。

まずハンブルク。自らの哲学の主題を都市へと集約していったことをふくめ、ＪＶＥにおけるハインツの活動の素地は、ハンブルクで培われたものに相違ない。学位を取得して数年後の一九七七年、ハインツはハンブルク造形大学（今の略称でＨＡＷ。ハンブルクにはもう一つ、ＨＦＢＫという美術大学がある。両者の略号のＨはHochshüleの頭文字で、単科大学を指し、

Universität とは区別されている）のデザイン科でコミュニケーション理論や文化哲学などを担当する教授に就任し、二〇〇六年に年金を得て退職するまで在職した。並行してかれは、『ドイツ観念論の美学』によって university の教授資格を獲得し、ハンブルク大学哲学科の私講師を務めるようになった（教授資格を得たひとに無給で講義の機会を与えるドイツの制度）。university における教授職は、ハインツが終生望んで得られなかったものだが、教授資格を得るために哲学史研究のテーマを選んだのは、アカデミックな世界の風土に合わせてのことだったろう。若い研究者にとっては当然のことでもあった。この「私講師」としての「ハンブルク大学哲学科教授」という顔こそが、わたしにとって、また小田部君にとっても、ハインツだった（国際美学会の仲間たちも漠然とそう思っていたのではなかろうか）。しかし、ハインツの思想形成という点でみると、大学よりもＨＡＷにおける教育活動が決定的に重要だったように思われる。

ＨＡＷとハンブルクにおけるハインツの活動を教えてくれたのは、上記「極楽鳥」発言のラインハルト君とその連れ合いのビルギットさんだ（わたし自身は、残念ながらハンブルクを知らない）。このふたりはハインツの古い教え子で、ハインツがマストリヒトで教えることになったとき、南ドイツに移住してＪＶＥに学んだほどの、ほとんど信者だ（わたしもＪＶＥでかれらと親交を結んだ）。かれらの心酔ぶりが、自分たちの将来の活動の指針となるハインツの美学説だけでなく、その人間性によるところが大きかったことは、かれらが特筆している。そんなかれらのつづってくれたハインツとの思い出の記が伝えているのは、デザイナーになろうとしている学生たちに向かってハインツが、藝術家の社会的責任について熱をこめて語ったこと、学生との一対一（あるいは一対二）の会話がキャンパスを出て街中の散策に及ぶこともあったということである。わたしが注目するのはGalerie vor Ortという組織あるいはイヴェントだ。的外れになる恐れはあるが、敢えて訳せば「ギャラリー現場」とでもなろうか。HAWで学んだ前衛藝術家たちが、ハンブルクの旧市街に居を構えて立ち上げたもので、藝術家たちの制作の場であるとともに、哲学者や批評家、さらには少数のコレクターを交えての理論的な討論の場でもあったらしい（ウェブサイトで調べると、同じ名前の組織がウィーンその他の町にもある。ただ、それらが連帯した運動だったのかどうかは分からない）。ここでハインツはHFBKの藝術家や理論家たちとも交わり、造形美術と視覚的認識、美術における空間、現代美学の主題などについて講演し、討論をおこなった。つまり、ハンブルクでハインツは、社会参加する美学者となった。このときハインツは前衛的活動にコミットしたモダニストだった（このグループの内部、周囲では「コンセプチュアル・アート」が頻繁に語られた）。マストリヒトではその社会参加のかたちは「日常性」にシフトし（『ディオゲネス』論文ではそれがさらに鮮明になる）、この社会参加を指してかれが頻繁に口にする「政治」は六八年型とは大きく異なるものになってゆく（この「政治」概念がハナ・アレント由来であることは、「アヴァンギャルドを再考する」という論文に示されている）。しかし、その変貌も、世界の変化に敏感に反応する藝術家たちとの交流に促されたともいえる。ビルギット／ラインハルトは、ハインツが「きみたちから学びたい」と言っていたことを証言している。

何が不足だったのだろう。そこに定職と言える職場がありながら、また小田部君の留学を受入れておきながら、かれが到着するまえに、アムステルダムに移住した。ハンブルクには一〇年ほどしか住んでいなかったことになる。ヴィオラとオランダ語の会話を習いに通ったということだから、少し前から計画していたことだった。ＨＡＷのモダニスト的な環境と、日常性へと傾斜してゆく自身の思想的変化との間に、齟齬を感じていたのだろうか。同時に、哲学の教授職を得られる可能性があったのかもしれない。しかし、オランダでも哲学教授のポストは得られず、別の美術大学やフロニンヘン大学などで教えたあと、マストリヒトの美術大学に席を得た。そのＪＶＥでも、かれの教育方針はハンブルクと変わらなかった。ただ、小さくとも学科の責任者として、年に二回雑誌（*Issues in Contemporary Culture and Aesthetics*）を刊行し、諸外国から講師あるいは講演者を招いてシンポジウムを組織することができた。注目すべきは、この雑誌の名称が示唆するように、藝術よりも文化一般へと関心をシフトさせていたことだ。五年ほどでＪＶＥを辞めたあと、ハインツはデフェンターという町にテラスハウスのなかの一軒を購入して転居した。家賃分を払っていれば自分のものになる、と言っていた。定住するつもりかと見えた。しかし、天井の低いその空間はハインツにまったく似合わなかった。アムステルダムのあの「ハインツの家」を喪って流された、そんな印象を覚えた。

ハインツは〈歩くの大好き人間〉だった（わたしの交友関係のなかでは高取秀彰さんと好一対だ）。アムステルダム中央駅から国立美術館までくらいの距離（五キロほどか）なら、喜んで歩く。これは文化哲学を実践する街歩きでもあった。市内に限らず長距離の移動も頻繁だった。そのためかれは、ドイツ国鉄の割引パスをもっていた。これはヨーロッパ各国にあるようだが、その購入額に応じた割引が受けられる、という制度である。頻繁に鉄道を使うひとが利用するものだ。わたしがマストリヒトに滞在しているとき、ハインツはハンブルクに出かけたことがある。鉄道では片道五時間半ほどの旅だ。アムステルダムに移住した一九八七年から、HAWを退職する二〇〇六年まで、約二〇年間、ハインツはこの移動を繰り返す旅人だった。HAWの教授ポストを維持するためだったに相違ない。しかし、かつてビルギットさんやラインハルト君をとりこにした、学生たちとのあの親密な交流は、ハンブルクでは困難になっていたのではなかろうか。旅人のハインツはそこで文字通り、席の温まるいとまもなかったはずだ。ちなみにかれが自宅を購入したデフェンターは、この路線にあって、アムステルダムを出た長距離列車が最初に止まる駅だった。

その歩行好きも鉄道パスも、その論考の博覧強記と似て、定点をもたない流動する人生を象徴しているかのようだ。ドイツ語版のウィキペディアを見てみると、かれは占領中の南ポーランドで生まれた（わたしより一年四か月ほど年長だ）。後年、かれはヴィオラと連れ立って生まれ故郷を訪ねたことがあり、その次第を聞かされた。一家が引き上げて北ドイツに住んだのがハインツ五歳のとき。かれは大学をケルン、ハイデルベルク、ハンブルク、キールと転々としている。これはドイツでは珍しくないことなのだろうか。そしてそのあとの職業環境。それにはまだ、重要な続きがある。マストリヒトを辞したあと、ハインツは私講師として教えるuniversityを、ハンブルクからカッセルに移籍している（一九九九年）。小田部君が教えてくれたところによれば、ハンブルク大学の哲学科で教授の公募があり、カッシーラー全集の編集を担当することがその資格として求められていた。これはハインツのためのポストのようなものだった。ハインツ自身、そう思っただろう。すでに紹介したように、カッシーラーはかれの文化哲学的思考のうえで極めて親しい哲学者で、少なくとも二冊の研究書を公刊していた。しかし、採用されたのはカッシーラーについて全く実績のないひとだった。あちこちで聞かれる類の話だが、ハインツの失意は察してあまりある。この一件でハンブルク大学での居場所を失い、カッセルに移ったものとみられる。そしてデフェンターに引っ越したのも、その境遇を受入れてのことだったに相違ない。カッセルは、ハンブルクへ行く鉄道路線の途中にある。――もっとも、亡くなる少し前、かつてそこの高校に通ったミンデンという町にアパートを得て、帰還していたそうだ（これも小田部情報）。さすらいびとこそ、帰心を知るのかもしれない。ただ、このふるさとも安息の地とはならなかった。

二〇〇四年、かれの国際美学会会長としての任期がスタートしたが、その就任式にあたるリオ・デ・ジャネイロの会議に、来ることはできなかった。循環器の病気のせいだった。その任期の終わりのアンカラでの会議には、元気な姿を見せた。病気は克服されたように見えた。会議の数日後、偶然、イスタンブールのトプカピ宮殿のなかでヴィオラと連れ立ったかれと出遭った。われわれのホテルに招いて（わたしの方にはヒロコのほかにマイコもいた）、非常に愉快な時間を過ごした。ブルーモスクが指呼《しこ》の間《かん》にあるホテルの屋上からは、エーゲ海を見はるかすことができた。雲一つない陽光の下の日焼けした笑顔が、わたしの記憶に残るかれのラスト・ショットとなった。次の二〇一〇年の会議でも会ったが、特別の想い出はない。そしてハインツは、二〇一二年六月、シンポジウムに招待されて訪れていた中国の徐州で客死した。出血か梗塞かは分からないが、循環器の病気だった。こうしてかれは、ミンデンの自宅に帰ることなく、異国でそのさすらいの人生を閉じた。

7　高取秀彰さん――ザ・レアリスト

まったく普通のひとなのに強烈に個性的、この取り合わせがすでに個性的だ。

高取さんには、証人としていちど言及している。第4章の「戦後派群像」のなかで、西井一志さんについてわたしの知らない事実を教えてくれたひととして、お名前を挙げた（前章では〈歩くの大好き人間〉としても言及している）。わたしが大学に入った時点で、既に卒業しているはずの年齢だったから、わたしにとっては西井さんと同類のひとだった。そういう遠近感でメールのやり取りをしていると、そのことが高取さんにはまったく意味不明のことだったらしい。高取さんにとって西井さんはジェネレーションを異にする異人種で、ご自身はわたしなどと同世代と思ってらしたようだ（高取さんは、大学に入学する前すでに、劇研の重鎮だった西井さんに引き合わされ、「スカウト」されていた）。しばしの不審のときが過ぎ、ことの次第を理解された。もちろん、わたしのような後輩の目にご自身がどのように映っているかを発見され、驚かれたのだが、そうかと納得された。ご自身の目からわたしの目へと乗り換える、この柔軟性が高取秀彰というひとである。いろいろなところで、高取さんはこの《目の乗り換え》をして来られた。

高取さんにわたしは、東京大学戯曲研究会という学生演劇のサークルで出会った。やがて同じ高校の先輩であることを知り、距離感は縮まった。高取さんから教えられたことのなかで、何を措いても挙げるべきことがある。"Palaces and pyramids" の件だ。

不思議な魔女どもの予言のことばにたぶらかされて、忠臣マクベスは逆臣となり、王位を手に入れる。しかし、良心の痛みから精神を病み、その王権を内側から蝕むとともに、正義の軍勢に追い詰められてゆく。窮地に立ったかれは、再び魔女どものもとを訪れ、自身の行く先についての予言を求める（第四幕第一場）。どうでもこうでも自身の今後の成り行きについての予言を聞かせろ、と迫る。この「どうでもこうでも」のところは、《たとい世の破滅を対価とするものであっても》というすさまじい内容で九行に及ぶ。ご存じであろうが、行数を数えることができるのは、せりふが詩のかたちだからである。しかもこのマクベスのせりふはブランク・ヴァース（脚韻なしの詩）で書かれていて、魔女や直後に呼び出される幻影の語ることばが脚韻を踏んでいるのと対比されている。当然このコントラストは、マクベスの錯乱ぶりを映し出すもので、「どうでもこうでも」の長広舌を支えている。その切迫した心理は、脚韻を整えるという形式的配慮を許さないだろう。しかし、一体この違いは日本語に翻訳できるものだろうか。多くの邦訳があり、それぞれの訳者はそのことを承知していたに相違ないが、この違いは訳すべきものと考えられていただろうか。この《どうでもこうでも》の部分に〝palaces and pyramids〟という句が出てくる。少し長いが、この箇所を、われわれの読んでいた福田恆存訳で紹介しよう。

……その代り、風という風を解き放ち、教会をぶっ潰そうと勝手だ、さかまく怒濤に船をくつがえし、海底の藻くずと消してしまえ、穫入れまえの麦の穂を吹きとばし、立木もへし折ってしまうがいい、城壁を押倒し、衛兵を生き埋めにしろ、宮殿やピラミッドの頂も揺るがし傾けるがいい、ええい、どうとでもしろ、自然を豊かに実らす万物の種を、ことごとく地表にさらけだし、いかなる破滅の魔手も面をそむける荒廃が大地を蔽おうと、構いはせぬぞ、さ、おれの問いに答えてくれ。

われわれと書いたのは、上記の戯曲研究会のことだ。高取さんは、学生演劇の世界で、衆目の一致する名優だったが、「赤毛物」を拒む意思の点でも異色だった。せりふの翻訳臭、言い換えれば実感を欠くせりふを生理的に嫌ってのことだ。翻訳もののレパートリーのなかで、その高取さんが演じたいと思った稀な演目のひとつが『マクベス』だった。こういう大芝居になると、その様式的なつくりが無理を通した翻訳の技巧臭を飲み込んでしまうものらしい。それでも高取さんは、この「宮殿やピラミッドの頂」につよく異を唱えた。曰く、《この palaces and pyramids はｐの破裂音の繰り返しが破壊のすさまじさを描写しているので、「宮殿やピラミッド」とするのは意味がない》。このときわたしは大学二年生（多分同年の友人たちより知的に幼かった）、高取さんは六歳年長で、この年代での六年の違いは大きい。わたしが思ったのは、風変わりな理屈を弄するところ、やはり高取さんは変人だ、ということだった。どう訳せばかれは満足してくれたのだろうか。＊ またご自身はなんと訳そうとされたのか。

＊ 思い立って、手近に入手できる翻訳を数点、参照してみた。面白くなり、以下のような寸感を書き残したくなった。目障りにお思いの方はこのパラグラフを飛ばして、次に進んでいただいてよい。――高取マクベスを上演したころ、福田訳は新しく、殆ど決定版の趣きがあった。今読みなおしてみて、その魅力の大元が簡潔さにあると気づいた。センテンス、と言うよりフレーズが短く発声の生理に適っている。七五調でもなければ、古語を使っているわけでもないのに格調があるのは、そのせいだ。そしてこの点は、後に現れたす

べての翻訳に影響を与えたように思われる。ブランク・ヴァースの問題について一言しておくなら、これを反映させたとおぼしき訳は見当たらない。そこで、この箇所だが、これは翻訳上の小さな難所らしい（と言っても、難しいのは意味のうえのことで、音の効果の移し替えは論外である）。「宮殿とピラミッド」について、訳語に「ピラミッド」を使うのは今では少数派のようで、これを「尖塔」とするものが多い。これは辞書に載っている語義でもある（pyramid の原義は「角錐」）。その訳語の選択に関わる問題は、ピラミッドそのものよりも動詞にあり、その動詞の意味に「ピラミッド」は相応しくない、ということのようだ。一応、原文を示せば、次の如くである。“Though palaces and pyramids do slope/Their heads to their foundations…”その動詞 slope は、カタカナ書きの「スロープ」がそうであるように、「斜め」のイメージが強い。そこで「傾ける」のような訳が生まれるわけである。そう解すると、安定感のかたまりのような「ピラミッド」はそぐわない。たしかに「尖塔」なら、その頂きを傾けることもあるだろう。しかしこの訳は“to their foundations”をまったく反映していない。細かい詮索は差し控えるが、この点を反映させた訳としては、「宮殿もピラミッドも頂きが傾き／土台へとなだれ落ちようと、知ったことか」（松岡和子訳）というようなことになろう。錚々たるシェイクスピア学者たちを前に、さらに異を唱えるのは厚顔無恥というものだが、「斜め」のイメージを消すことが、ここの破壊の描写にふさわしいのではなかろうか。『オックスフォード英語辞典』で“slope”を引くと、動詞一の三つ目の用法（他動詞）として、「傾ける、曲げる」とともに“to direct downwards or obliquely”（下方へ、あるいは斜めに向ける）という語義が示され、この項の用例の最初に『マクベス』のこの箇所が挙げられている。この辞書がこれらの語義のなかのどれが『マクベス』における slope の意味として適切と見なしていたかは分からない。しかし「下方に向ける」が可能であることは間違いあるまい。それは粉砕のイメージにぴったりで、「ピラミッド」はその破壊のすさまじさを示すのに適格となる。

もちろん、高取さんが問題としていたのは、このようなことではない。そこに戻るまえに翻訳のことで、もう一か所言及したいところがある（ごめんなさい、どうしても書きたくなってしまったのです）。冒頭に登場する魔女の有名な一句で（『ハムレット』の「あるかあらぬか」と同じくらい有名かもしれない）、坪内逍遥以来「きれいはきたない、きたないはきれい」というように訳されてきたせりふである（"Fair is foul, and foul is fair."）。だが、この日本語を聴いて、あるいは読んで、撞着語法であるという以外に何か意味を捉えることはできないだろう。呪文のような言葉なのでこんなものか、という受け止め方しかできない。しかし、木下順二（『《マクベス》をよむ』）が強調しているように、そのあと初めて登場するマクベスが、"So foul and fair a day I have never seen" と同じ語句を発するところが重要で、翻訳のうえでも相関させなければいけない。木下訳は、「輝く光は深い闇よ、深い闇は輝く光よ」（魔女）と、「闇になったと思うと輝く光が射しそめる。初めてだぞおれは、こういう日は」（マクベス）。わたしが感心し名訳と思ったのは安西徹雄訳で、魔女の「晴々しいなら　禍々しい、禍々しいなら　晴々しい」に対して、マクベスは「これほどにも晴々しく、これほどにも禍々しい日は、見たことがない」となっている。木下氏は言葉のつながりによって、マクベスが魔女の世界に取り込まれているような感じを観客に覚えさせる、ということを指摘していて、これは立派な読み方と思う。ただ、訳文そのものの意味は、そのときの天候のことに限定されているし、日本語の言い回しがしつこく、原文の簡潔さに遠い。さらに、「闇」と「光」が交替するようにして、撞着語法を合理化しているところも問題だ。それに対して安西さんの訳では、「晴々しい」が戦勝を指し、その戦勝が稀代の禍事の引き金を引くこと、そういう世のならいとも言うべき理法を捉えたことばとなっている。すなわち、撞着語法は修辞のレベルを突き抜けてこの作品の世界観を表現する域に達している。魔女の存在そのものがこの世界観の象徴だ。翻訳のもつ意味合いの射程は長い、こともある。

われわれが翻訳するのは、九九パーセント、文意である。高取さんも、palaces and pyramids という句が意味を欠いているとは言わない。しかし、言葉によって表現されるのは意味だけではない。この語句が表現しているのは、意味だけではなく、また意味以上に、破裂音の頭韻が与える殆ど生理的な効果だ、というのがかれの主張だ。これは詩的言語についての正統的な捉え方である。しかし、《だから詩は翻訳不能だ》というのが通説で、訳すべきは意味ではなく音の効果だ、という主張はきいたことがない。若かったわたしの覚えた不思議な感銘には、呆れたという思いが強かったが、長く記憶に残った。そして三〇年ほど経った後、「翻訳原論」

という論文を書いた（季刊『文学』第三巻第一号、一九九二年）。そこでわたしが翻訳の原理としたのは「等価性」である。A言語において書かれた文の値を捉え、その値に相当する文をB言語において実現する、それが翻訳だ、という考えで、ときにその「値」は意味をはみ出し、語音の効果に支配されることもあるだろう。この構想が高取さんの教えに由来することは、わたし自身はっきりと自覚していた。――高取さんが近年になって作り上げたこのマクベスのせりふの訳を頂いた。上演台本として見事なせりふだが（ここに掲載することも考えたが、マクベスだらけになってしまうので思い止まった）、残念ながら「宮殿とピラミッド」の部分の音訳はなく、飛ばされていた。

この一件以上に、わたしが高取さんから受けた刺戟の最も大きなものは、理屈っぽさかもしれない。理屈の道といえば学問だが、ご当人は学問に関心を示されたことはない。この面では存外純朴な印象もある。翻訳にクレームをつけても、学問的な正確さの見地によるものではない（逆に、高取さんのような問題を提起する学者もいない）。何か別の関心による異議申し立てだった。その「何か」が高取秀彰というひとの核心をなすもののように思われるが、簡単には摑まえられない。

高取さんは中学のときから演劇になじみ、やがてのめり込んだ。大学ではスカウトされていた劇研に入ったものの、翻訳ものの路線を嫌い、早稲田の劇団に移りたいと思われた。当時早稲田大学には一〇〇以上の劇団があると言われ、学生演劇界の覇者だった。早稲田で図学の教授をしてらした父君に、演劇科の教授だった河竹繁俊のもとに連れて行かれ、前進座に紹介してやると言われた。決断がつかずに、その話は沙汰やみになったとは、高取さんご自身の述懐だが、実現していたら、看板俳優になっていたかもしれない（もっともその場合には、わたしが高取さんに出会うこともなかった）。ときは「六〇年安保闘争」とそれにつづく政治の季節だった（ちなみに前進座は、当時、歌舞伎を主体としながら政治的急進派という不思議な団体だった）。われわれの戯曲研究会は「藝術派」だったが、そこに合流されるまえ、高取さんは「政治派」演劇研究会の舞台で主役を張ったりしていた。政治的メッセージがどうあれ、芝居として人間が描けていればそれでよいとの考えだった。「メッセージ」は表層のもので、the real はドラマそのもののなかにあるという洞察である。反「政治」としての「藝術派」というわけではないらしい。

前進座の話には乗り切れなかったが、俳優になることを真剣に考えていた。そんななか、大学卒業まえに、縁あってテレビの吹き替え（アテレコ）の演出家になった。外国の映画やアニメのせりふを日本語に置きかえる仕事だ。当時大学院生でありながら家庭をもったわたしは生活に困窮していた。そこで、高取さんは、その翻訳の仕事をくださった。『アルヴィン・ショー』というアメリカのアニメで（日本語のタイトルは忘れてしまった）、原作は、主人公のアルヴィンを中心とするシマリスの三人組コーラスグループで、その音声を早回しにしたところを売り物とし、子供向きのうたがたくさん含まれていた。わたしの仕事はフィルムを見ながら音声をダビングして、そのテープに合わせてせりふを翻訳することだが、一言ひとことの長さをフィルムのなかの人物たちの話す長さに合わせなければならない。一回目のとき、わたしは大失敗をした。ある夜（つまり収録の夜）、高取さんから電話がきて、せりふが大量に足りない、すぐに来い、と言われた。わけがわからなかったが、話すテンポを吹き替え流儀よりゆっくりめに取ったためにそれぞれのせりふが短くなってしまった、ということだった。それ以後、吹込みの本番に立ち会うことになった。録音は深夜に設定されていた。時間の制約がないというのが、高取さんの狙いだった。日本語版は早回しのような手の込んだことはできないので、アイドル歌手の走りだった青山ミチをアルヴィン役に充てていた。声優でもなければ俳優でもない。簡単なせりふを噛まずに言わせるために、一二三テイクとった、と高取さんは回顧している（この記憶力にも呆れる）。このようなNGの連発も、かれのゆったりした時間感覚の賜物だ。そして、吹き替えのせりふは字句の「翻訳」である必要はない、ストーリーの流れと、その場面の「絵」にぴったりはまっていることが、何より望ましい、ということを、この深夜の仕事で教えられた。これも等価性の原理を培った教えだ。

なぜ俳優にならないのか、という問いに、高取さんは「芝居では食えない」と答えられた。

高取さんなら「食って」も十分お釣りがくる、と誰もが思ったはずだ——一七三センチの長身（特に舞台上ではもっと大きく見えた）、一〇キロくらいは平気で歩く健脚（ただし飛んだり跳ねたりは上手でない）、せりふ回しに格調のある美丈夫だった。今回、この肖像を書くうえで、いろいろお訊ねしているなかで、「食えない」というこの常識的な答えには含みがあることを知った。「食えて」いる俳優たちとて、舞台で十分な収入があるわけではなく、テレビやアテレコの仕事をたくさん得ることによって生計を立てるのが普通だった。アテレコの現場に現れるかれらは、多くの台本をかばんにつめ、それらの役を次々と器用にこなす忙しさだった。高取さんにとって、「芝居で食う」とはこういうことではない。一行のせりふでも、トーンやアクセントを変え、いろいろな可能性を試して、その場にふさわしく、相手役との呼吸を合わせられるひとつを探るのが、かれの快楽だった。かれが垣間見た俳優業の現実は、この欲求を満たしてくれるものとは思われない、高取さんはそう思った。

演戯だけではなかった。高取さんの血のなかには、また、造形意欲のＤＮＡが流れている。父君が図学の教授だったことは右に触れたが、祖父は宮内庁付きのやまと絵師だったそうだ（昔なら宮廷画家）。設計図とやまと絵は不調和とも見えるが、多分、図学からは抽象化の視力と空間感覚を、やまと絵からは虫眼鏡で見るようなものの質感を、それぞれ受け継がれたと見るのは、牽強付会だろうか。造形活動の始めは仏像彫刻だ。お宅でその仏像を見せられた、遠い記憶がある。今回その次第を伺ったところ、浪人時代に「立体木彫というものはどうやれば作れるのか」と思い立ち、木材と格闘すること一か月、ようやく完成させた、という。「見よう見まね」ではない。範とする仏師がいたわけではない。モデルとしたのは、古都で実見し、図版でも見ている古仏のかたち、すがただけである。木材からあのような像を取り出すには何をなすべきか、何が難しいのかを一から体得することが、問題だった。独学独歩の精神。この関心の持ちようは、芝居の役作りにも、戯曲の翻訳にも通じている。ことの核心を内側から身体的に理解することである。その核心こそ the real と呼ぶことができよう。

この制作体験が、卒業論文「飛鳥仏の考察」へと結実した。一気呵成に書き上げ、教授からも高く評価されたそうだ。それでも、小林忠さんとは異なり、学問として美術史を続けることはなかった（小林さんは同じグループからやはり美術史を専攻され、いまや日本美術史、とくに浮世絵研究の大家だ）。高取さんの知的関心は、作ることによって知ることだ（作ったものだけを知ることができる、と喝破したイタリアの哲学者、G・ヴィーコの思想を体現するものだ）。

この制作体験は、さらに、アテレコの仕事を辞めた高取さんの、その後の「本業」的なものへの道筋をつけた。すなわち、高取さんは爾来、主に造形職人、あるいは造形作家として活動してきている。これも縁あって、ディスプレイの制作会社に誘われたのがきっかけだ。最初の作品はオランウータンで、新宿駅地下通路のウィンドーのなかに設置され、通行人を驚かせる仕掛けだった。京王線の観光スポット、とくに多摩動物公園の宣伝用だったが、そこを通りかかった飼育課長が、園の保存していた剥製と思いこみ激怒した、というのが高取さんの自慢だ。凝りに凝る高取さんが、オランウータンの毛並みの再現に熱中した成果である。これはまだ動かない対象の再現で、芝居の小道具造りやギリシア悲劇の仮面づくりの延長上にあり、細部のリアリズムという点でやまと絵風と言えないことはない。

高取風リアリズムへの飛躍の機会は、直ぐにやって来た。おなじ動物園がらみで、京王線の動物園線の宣伝用ディスプレイの注文を受けた。ウレタンフォームの質感が動物の皮膚に似ていると感じていた高取さんは、これであしかを造形し、中にモーターを仕込んで動かす「あしかの球回し」を発案した。動くあしかを作るため、高取さんは上野動物園に出かけて、得心のゆくまでじっと観察した。何を観察したのか。もちろんあしかの動きだが、得心がゆくほど理解するということは、その動きを内感することに相違ない。三方向の動きの成分とそのリズムを自分のからだの内側に再現することができるまで、高取さんはあしかを見つめ続けた。

こんな根気のあるひとは稀だろう。少なくともわたしにはできない。だから観察は雑になる。内感を得るための観察というのは、ものまねと似ている。天才的なものまね藝人なら、一挙に直観するかもしれないが、それをものとして作ることはできないだろう。高取さんはものまねを通り越し、生物をもののなかに再現しようとする。その課題の難しさそのものが、かれにはたまらない魅力であるらしい（これまた高取さんの自慢は、初老の女性がこのあしかを生きたほんものと取り違えたことだ）。その難しさの所以は、リアリティを捉えて、それを自らの手で現実化しようとするところにある。既に指摘したように、リアリティとは、単なる生き写しでもなければ実感でもなく、もののあり方の核心のことである。役者高取秀彰の役作りも、シェイクスピアのせりふについての異論も、同じ精神だ。作品として表現されているもの、俳優として実現すべきものがある。それを作り出すためには、字面の正確さに囚われず、作り替えてでもシェイクスピアが狙ったのと等価なものを実現しなければならない。この「とらわれのなさ」は、レアリストの重要な一面だ。かれは時を忘れて、あしかの動きを見つめ続けた。高取さんの家には時計もカレンダーもないのではなかろうか（それでも、待ち合わせや会合の約束をたがえたことがないのは驚きではある）。

この動く立体作品を高取さんは「動刻」と名づけ、恐竜のような展示物を制作してリースするという事業に携わり、相当な成果を挙げられたらしいが、経営面の成功を必ずしも伴わなかった。その間、高取さんはもうひとつの造形形式を発案された。「ネットアート」である。一枚の金属の網に手で凹凸をつけ、ひとの顔や女体などを造形するものだ。素材の特性をめでるところは、ウレタンフォームと同じだが、作品は「生き写し」のレベルを超え、藝術の域に達している。「俳句の表現の妙は、五七五の十七文字という制約を設定して初めて生じるもの」

とは高取さんご自身の言葉で、立体的なものを敢えて一枚の金網で造形するという制約の妙へのこだわりを語っている（「ネットアートの思想」、東田金綱株式会社ホームページ）。その作品が、光の当て方で表情を変え、表と裏を反転させるなど、計画されなかった見え方への可能性を開いていることがその藝術性だが、それは余裕の効果であり、かつ制約の賜物である。簡潔で豊か、これがリアルということだ。

自由人である高取さんは、この間、『花太閤』というモノドラマを書いていた。造形するのと同じように、矯《た》めつ眇《すが》めつ、推敲を愉しんでらしたに相違ない。多分、歌舞伎役者による上演を念頭においての構想だったのだろう。かつて、戯研の仲間で、長らく博多座の支配人を務められた小坂弘治さんは、「一座は何十人もの役者を抱え、かれらを動かさなければならない。一人芝居はそこがむずかしい」と言いつつ、これを舞台に上げるみちを探ってらしたが、果たされなかった（ここでちょっとだけ脱線し、大町玄さんにも触れておきたい。高取さんは、『花太閤』の草稿についてこの二人の意見を求めたということだから、お許し願おう。小坂さんも大町さんも高取さんとほぼ同年、ともに戯曲の読解にすぐれ、見事な演出力を見せた。『マクベス』は大町演出だった。わたしは、この三人の長老大学生から多くを教えられた）。そこで『花太閤』は結局、新宿のミニシアターで、朗読劇として初演された。この芝居、栄華の絶頂において、それを誇示するように催された秀吉の醍醐の花見を題材としている。大祝宴のなかの主人公にモノローグを語らせ、それだけで一篇を構成する、という発想は、まさに制約の美学の実践だ。老境に入り、栄華を極めた権力者が、同時に、近づいてくる死の足音を聴く。その驕り、自負、不安、妄想、欺瞞が、エッジの効いたせりふに乗せ、咲き誇る桜を背景に紡がれてゆく。

この作品、多くの個性派の名優たちが演じるところを観たい。さまざまなアプローチや表現を誘う懐の深さがあると思う。学生時代、高取さんは空想キャスティングがお好きだった。思い出すのは、かれの興味がそれぞれの役者の力量というようなあいまいなものではなく、「味」や「柄」という個性的な面にあったことだ。そのためには技術的な弱点には目をつぶって（しかし、実は二―三テイク）、弱点の活かしどころを探してやる、そんな優しさが高取さんでもある。あの《目の乗り換え》と、ことを内側から体感しようとする創造的精神が、この優しさに通じている。

8 大悟法家の人びと――生活歌人の一家とバルザック風マント

小学校の同じクラスに、大悟法林君という、姓も名も珍しい友人がいた。何年次かは覚えていないが、転入してきた。小柄で、日焼けして色は飛び切り黒かった。かれのお父さんは「若山牧水の高弟だ」と聞かされた。誰が教えてくれたのだろう。クラス担任の高橋信義先生以外に思いつかない。五年なり六年なりの小学生に、「若山牧水」や「高弟」の何たるかが分かっていたとは思われないが、わたしはそれを理解したように思った。少なくとも、自分の知っているのとは別の高尚な世界に住むえらいひと、ということを了解した。林君にそういう雰囲気はなかったが。

家が近かったので、林君とはよく遊んだ。多分、一緒に登校しようとして、かれを待ったときのことだろう。大悟法家の朝餉の情景を目にした。一家が寄寓したのは、戦災に焼け残ったとおぼしい家屋だった。細い小路から、更に狭い路地を入る。その角の小さな家の奥に大悟法君の家はあった。それは長屋とは言い難い形状だが、ひとつの建物を二つに分け、あちらとこちらに別々の玄関を設けた、明らかに貸家と見える家だった。南側の路地に面した縁側の先（路地から見ればその縁側の手前）に朝顔のすだれ（細い竹を十字に組んだ、今風にしゃれて言えばトレリス）が、わたしのこども心をくすぐった（朝顔だから、これは夏の日の記憶に相違ない）。

林君にはお兄ちゃんがいた。名前は覚えていないが、遊ぶのに人数が必要なときなどに参加してくれる、優しいお兄ちゃんだった（その面影は、下記の名鑑にある大悟法進さんの顔写真とよく似ている）。妹さんもいたような気がするが、記憶は漠としている。サザエさんの磯野家のような丸いちゃぶ台を囲んでの朝餉で、お父さんは新聞を読んでらした。お母さんはとても変わったひとで、おかっぱ頭は、見るからに、別世界の光輝《オーラ》を放っていた。遠足の写真に、セーラー服姿の林君の写ったものがある。セーラー服は女学生のもの、という世間的な知識があったわけではないが、不思議な感じを覚え、わたしの頭のなかではお母さんのおかっぱ頭と短絡した。

「若山牧水の高弟」であるお父さんが、利雄さんという名であることは、何故か、以前より知っていた。思うに、クラスの名簿に親の名があったのではなかろうか。おかっぱ頭のお母さんが静子というお名前であることは、今回、これを書くために調べていて分かったことだ。静子さんも歌人でらしたために、利雄さんとともに、『戦後歌人名鑑』（十月会編、平成五年、短歌新聞社）に記事があった。静子さんのつよい印象がその髪型にあったのと同様、利雄さんもまた、目に見たその姿がわたしの幼い記憶に焼きついていた。それは、ゆったりした黒いオーバーを着て、古びた大きな皮のかばんをもって歩くお姿だ。後年、パリでロダンのバルザック像を見てからは、オーバーつながりで、ふたりのあいだに連想回路ができた。小学生にそのような連想がはたらくわけはないが、わたしの周囲には珍しいタイプの大人だった。

そのかばんのなかには何が入っていたのか。また、わたしのバルザックはそのかばんを抱えてどこに通っていたのか。そもそも大悟法家が柏木に来たのは何故なのか。そんな疑問符が、わたしの心の片隅に残った。やがて、それぞれに新しい交友関係ができて、一緒に遊ばなくなった。記憶に残る林君は、小学校の卒業式が最後で、子供らが交換するサイン帳に、かれは《大きな－ゴボーの－林》の絵文字を書いてくれた。一家は東中野駅の近くに引っ越し、ほどなく、かれが亡くなったという報せを聞いた。こうしてかれに関する記憶は成長するのを止め、薄れていったが、わがバルザックへの好奇心は微かに生き続けた。

九〇年代の終わりごろ、歌人の玉城徹さんの知遇を得ることがあり、その周囲の方々とお会いする機会もできた。そのなかで、短歌新聞社が高円寺にあるということを知った（上記の『名鑑』もこの社から刊行されている）。利雄さんは、短歌新聞社に勤めてらしたのではあるまいか、そのため、高円寺に近い柏木に住まわれたのではないか、という推測が閃いた。駅の近くに引っ越されたのも、この解釈を補強してくれる。玉城さんの歌集『香貫』が短歌新聞社賞を受賞されたとき（平成一三年度）、その授賞式が同社で行われ、そこに招いて頂いた。そのパーティーのはなやぎのなかで、上機嫌の社長石黒清介さんと言葉を交わす好機を得た。そこで、大悟法利雄さんが短歌新聞社で働いていたのではないか、という質問をぶつけてみた。石黒さんは「ああ、大悟法さんね」と懐かしそうにしてたらしたが、質問には答えてくれなかった。酒精の効果か、わたしが何を知りたがっているのかを、理解されなかったようだった（こういう場合、わたしは自分の意図を詳しく説明ができない口下手だ）。大悟法さんは、同社から多くの歌集、著書を出してらっしゃる。そのなかの一点、『若山牧水新研究』（昭和五三年）の奥付には、「昭和一八年著述生活に入り、現在に至る」とあるから、勤務してらしたわけではないらしい。では、あのかばんには何が入っていたのだろう。

その序文には、次のような一文がある。「自分こそきっすいの牧水門下、それも師に最も縁故の深い一人だというのが私のたった一つの大きな誇りであり、私は常にその誇りを胸に秘めながらずっと歌を作り続け、また私なりの牧水研究を続けて来た」。この純粋でひたむきな傾倒、献身、忠誠こそ、わたしのバルザックのあの風格を作ったものに相違ない。上記『名鑑』に挙げられた数首を読んだ。その作風は、牧水とはひどく違う。

われ願ふ誰が読みてもほのぼのとこの世楽しくなるが如き歌を　（『父母』昭和四二年）
常なるが平凡なるがやはりよし桃は桃いろ薔薇はばらいろ　（『常凡』昭和五九年）
歌のほか知らねば老いの命かけし精一杯の歌にて候　（『九十歳前後』平成二年）

牧水の哀感をたたえた高踏の境地に対して、日常的で訥々として、師の流麗な調べはない。三首目は、愚直がとぼけた響きを生み（それは意図された表現効果ではなかろう）、思わず繰り返し読んでしまう。たまたま利雄さんの『第一歌集』を入手することができた。昭和一六（一九四一）年、師牧水の享年と同じ歳になったのを機会に、新聲閣という版元から刊行したものだ。新聲閣とは、実は利雄さん自身が営んでいた出版社であることが、あとがきからわかる。巻末の自社広告には、「特別出版」の牧水歌集を別格として、横光利一、川端康成、斎藤茂吉、火野葦平らの著者名が並んでいる。その「あとがき」には、詠歌を志した来歴が略述されている。それによれば、「無茶苦茶に作っては諸種の雑誌に投書したものだが、それらの歌壇の選者は大抵牧水先生であり、先生から勧誘の葉書か何かをいただいて創作社友になった」とある。初めから牧水ファンだったわけではないらしい。ただ、牧水こそが歌人と思っていたのだろう。牧水のほかに、啄木や「創作社中の天才歌人で夭折した中村三郎」から影響をうけたと言っている。啄木からは、生活経験を詠むスタイルを、中村三郎からは語音をくりかえす調子を学んだように見える。牧水風の叙景歌もたくさんあり、頻繁な旅行は詠歌のためだったのではなかろうか。「沼津生活で親しく牧水先生の作歌態度を見、またその選歌態度を見てゐるうちに次第に多少の信念を持つやうになつて来た。そしてなんとかして自分の歌を作ろうと努力し始めた。今にして思へば、私が牧水先生から教へられたことは結局〈自分自身の歌を作れ〉といふことであった。／私は自分の歌はまづ平明でありたいと思ふ。／私は出来るだけ健康で感情の流露した歌を作りたいと思ふ。読む人の心を明るくし楽しませるやうな清新溌剌たる歌」。集中にはっとするようなうたはない。しかし、個性が認められないわけではない。ここに記された作歌の姿勢は、上記の後年のうたと一致している。二首を拾い出し、晩年の歌碑にもなった代表作と並べてみよう。

こころよく笑ひたるかな聲あげてげにこころよく笑ひたるかな
山の夜風しうしうと響き目の下の白雲の海は物音もなし
天地のゆたけき心ここにありこの富士の山この柿田川
（「柿田川讃歌」）

大悟法さんの自覚からこぼれ落ちているが、語音の繰り返しによる響きが、うたとしての基調をなしている。読者の「心を明るくし楽しませる」ことを旨とし、事実ご本人が「あたたかいひと」だったと静子さんは語っている。その実体に反して「寡黙で怖いような感じ」（上田治史）に見えたのは、たえず、心のなかでうたの響きを模索していたからだと思う。少年のわたしの見たバルザック風オーバーのおじさんの威厳は、そういうものだった。わたしは林君の亡くなったときの歌を読みたいと思ったが、それを捜す労をとっていない。だが、生誕のうたはある。つぎの作は静子さんの詠まれたものだ。

その父に抱かれて出でしみどり子の涙涼しく月に光りぬ

これはとてもよい。その「みどり子」は、多分、第一子を指すものだろう（満一歳を迎えることなく病没した裕君について、その誕生と死をうたった利雄さんのうたも、『第一歌集』に収められている）。このほか、静子さんはよいうたを残している。世に染まぬおかっぱ頭の凛としたお姿とよく響き合う。

居ながらにわれは旅人さびさびと木枯らしすぎし木立に向きて
顔に出さねば人の知るなきこの怒りわが内深く燐光放つ

利雄さんは、最晩年、かつて「六年ばかりは沼津の家で〔師牧水と〕起居を共にする幸運に恵まれた」というその沼津に戻り（玉城さんの香貫も沼津だ）、その地に創設された沼津市若山牧水記念館の初代館長を務めたという。「百歳の歌」という「わが夢」は果たされなかったが、また、子供に先立たれるという深い不幸はあったが、よい生涯だったと、お見受けする。忘れるところだった。あったのだ、あのバルザック風マントのうたが。

忘れ来てあわてゐたるは夢なりきオーバーはそこのハンガーにあり
（『夢と薔薇』昭和五一年）

年代から見て、あのバルザックのコートではないかもしれない。しかし、ありえないことではない。たかだか二〇年の懸隔だ。利雄さんは、あのオーバーが自分の一部のように、身についていることを、知っておられたはずだ、夢に見るほどに。

＊

以上の記述は、Web春秋に公開した初案を、すでに修正してある。利雄さんの『第一歌集』を参照しえただけではない。林君の妹の早苗さんの御夫君田中英治さんからお便りをいただき、さらに静子さんの『わが夫大悟法利雄を語る』という対談番組の録画も送っていただいた。記憶では漠然としていた妹さんの存在が確かめられたし、お兄ちゃんが雄作というお名前であること、さらに弘子さんというお姉さんがいらしたことも知らされた（あの頃、既に高校生だったと思われる）。

重要なのは、林君のその後についての情報だ。わたしは、中学進学時に一家が東中野へ転居し、林君はそれから間もなく亡くなったものと思っていた。この記憶が間違いであることは、中学卒業時にかれと同級だった金子昇君が指摘してくれた。林君も同じ西戸山中学校に進んで卒業し、都立明正高校に進学した、ということで、卒業アルバムにもかれの姿があった。田中英治さんが教えてくださったのは、かれが高校でめきめき頭角を現し、慶応義塾大学に進学し、大学でも優秀な成績をあげ、就職先として大手銀行の内定を得ていたこと、しかしその身体検査で腎臓の病が見つかり、闘病生活ののちに亡くなった、ということだった。この更新された事実は、ひよわと見えていたかれの像を一新した。わたしの知る林君は「よくできる」生徒ではなかった。進学した明正高校も進学校ではなかった。そこから慶應に進むことは、ごくまれなことだったと思う。林君は小さな体躯のなかに、それだけの精神的なパワーを秘めていた。

その事実は、わたしのなかで、再びあのセーラー服姿とひとつになった。お古のセーラー服を、「セーラーは水夫だから男子のもの」と言い聞かせられたのだろう、とは田中さんのお考えだが、おそらくそれが事実だろう。それを納得し、少々風変わりなそのいで立ちに対する好奇の目を撥ね返す力が、かれにはあった。高校大学時代に示したその力量は、社会人となったなら開花結実して、大いに活躍したのではなかろうか。その林君に再会したかった、と思う。

9 恒川隆男さん——言語を奏でる

恒川さんとわたしは同期の同窓生だ。わたしはフランス文学の課程を卒業したあと、美学で学問を目指すことにして、学士入学した。その前年、同じように学士入学していた恒川さんとは、いわば同級生になり、翌年、そろって卒業した（わたしの場合、東大文学部を卒業し、別の課程に学士入学した場合には一年で卒業できる、という決まりが当時はあった）。かれは法学部を卒業し、三菱銀行に就職したものの、一年で辞めて大学に戻っていた。エピソードをひとつ。或るとき、三〇〇〇万円ほどの現金を別の支店に運ぶように言いつかった。大卒の初任給を基準に比較すると、当時の貨幣価値は今の一〇倍くらいになるから、これは今の三億円にも相当する大金だ。恒川さんは札束をアタッシュケースに入れ、手にさげ、ぶらぶらと歩いてこの運搬業務を果たした。しかし上司からはこっぴどく叱られた。盗まれたり紛失したりしたらどうするのか、というもっともな理由からだ。ちょっと愉快そうに話してくれたことだから、反省していなかったことは間違いない。銀行員としての適性がないことは明らかだ。それ以前に、そもそも何故、法学部に入ったのだろう。

恒川さんとの出会いは、美学に入る前の年、仏文専修の四年生だったとき、今道友信先生の演習に出た、その教室でのことだ。レイモン・バイエというフランスの哲学者の著書を読む時間で、美学への志望をわたしに促す動機のひとつになった。その教室で恒川さんは、指名されると立ち上がって答えようとした唯一の学生だった（少しすると、先生から、立たなくてよい、というお許しが出た）。立ち上ったものの、発声するまで時間がかかった。よほど緊張していたに相違ない。バイエのテクストは難解で、その難しさが参加者たちの絆を強めた。なかでも、恒川さんに加えて、電通大から学士入学していた木下邦一さん、詩的な童話の名作『山太郎』の作者で、東京外語のイタリア語科から学士入学していた川路重之さん、のちにバッハの国際的研究者となった小林義武君らとは、長い友情を育んだ。恒川さんは、ピアノが上手とのことで、とりわけ音楽が好きだった。そこで、卒業のリポート（この年から「卒論」がなくなり、リポートに格下げされた）として、フランスの音楽学者ジゼール・ブルレの『音楽的時間』の研究を書いた。これはA五判二巻の大著で、難解と言われていた。ブルレには『創造的解釈《アンテルプレタシオン》＝演奏』という同じサイズの姉妹編もあり、恒川さんはこれにも論及したはずだ。読むだけでも大仕事だったはずだが、当然、そのリポート自体、卒論サイズをはるかに超える大作だった。

驚いたことに恒川さんは、大学院進学に際して、美学ではなく、フランス文学でもなく、ドイツ文学を選んだ。修士論文のテーマが何だったのか、わたしは覚えていない。二年経ち、修士課程を終えると、かれは静岡大学の教養部に職を得て赴任した。あとで述べるが、それまで一緒に読書会をもち、殆どかれの指導に与っていた風のわたしは、この別離を非常に残念に思った。いちど、静岡に訪ねたことがある。藤枝市の公務員住宅が住まいで、静岡駅からはバスで小一時間かかった。その日は、ご母堂が来てらして、夕飯をご馳走になった。息子の様子を見に（あるいは世話をするために）、ときどきいらっしゃるとのことだった。部屋は殺風景で、会話から推量できたのは、とりたてて刺戟のない職務をこなす生活らしい、ということだった。

一九七四年、恒川さんは東大教養学部に転じた。この異動はわたしにとって吉報だった。やがてわたしも東大の美学に配置換えされると、駒場への出張講義の機会ができ、その日はかれの研究室でお昼を食べた。それでも、新しい環境のなかでのかれの学究生活がどのようなものだったのかは、知らずにいた。後になって、美学の後輩の津上英輔君と伊藤るみ子さんが、恒川さんに私淑していることを知って、その縁《えにし》に驚いた。詳しく尋ねると、ある学期にかれらのクラスのドイツ語担当だった恒川さんに、その学習法について教えを乞うたのがきっかけで、大学院受験のための勉強会の指導をお願いし、夏合宿にまでつきあってもらった、ということだ。ふたりにはひとを見る眼がある、と思った。ドイツ語の教師としての力量は言うまでもない。頼まれて学生の勉強会を指導してくれる先生は多くはなかろう。誰もが忙しい。ふたりは恒川先生なら、と直観したのだと思う。恒川さんの方も、義務感から引きうけたのではないだろう。学究生活について、かれは独特の価値観をもっていたと思う。それは法学部から銀行勤務、そして学究生活へという人生行路の選択と不可分のものだ。やがて駒場を去り、津田塾大学に移り、そこも二年ほどで辞めて明治大学へと転じた。そのわけを尋ねたことはなかったが、誘われれば断らない、ということではないか、と勝手に推測した。学生の勉強会に応じたのも、同じようなノリだったかもしれない。

その津上君は、テクストの読み方を恒川さんから学んだ。「微細なニュアンスまで含めて、自分のものにする読み方」だ、という。このような言葉にすると、当たり前のことのように聞こえる。しかし、恒川さんのその教えが、かれのその後の研究生活の基礎となり、いまもそれを実践している、ということだから、言わば身体に染みついている。簡単に説明できるようなものではなかろう。津上君が深く記憶しているエピソードがある。それはドイツ語の単なる語句の説明にすぎない。「ダメ男」に相当する語句が出てきたとき、恒川先生はそれを「金もない、頭も悪い」と説明し、それをよく繰り返したという。このフレーズを口にするとき、恒川さんは「少し偽悪的な笑い」を浮かべ、暗に自身をそのモデルに擬するかのようだったそうで、そのことが津上君を魅了した。――大学の教師が「カネ」という単語を発することは稀ではなかろうか。経済学の専門家でさえ「カネ」とは言わないだろう。恒川さんの「カネ」は、あのアタッシュケース事件や、銀行員の道を選び、すぐにそれを放棄したことと、つながっているはずだ。ただ、このどぎつい発言にもかかわらず、欲望は淡泊だったと思う。定年退職するとき、研究室の蔵書を処分しなければならない（いまでは、図書のためのスペースが逼迫しているので、このようにする大学が少なくない）。そこで恒川さんは、学生たちに好きなものを持っていかせ、残りを「しようがないから」引き取った。もっとも、誰も読まないテクストでも、かれが読めば豊かな世界を開くのかもしれない。

恒川さんは外国語を読むのが大好きで、その読みには天才的なところがあった。弟の邦夫さん（一橋大学名誉教授）はフランス語で、ヴァレリー研究の泰斗だし、お二人の父君（お名前は忘失してしまった）は、たしか、早稲田大学のフランス語の教授だった。外国語理解の血筋のようなものがあるのかもしれない。わたしがそのことを強く感じたのは、修士課程のときの読書会でのことだ。誰が言いだしたのかはもう分からないが、わたし自身だったかもしれない。当時の美学専修課程は、それまでの学風のままにドイツ語が必修で、初学者のわたしにはそれを学ぶ必要があった（その前の一年間、学士入学して、大学院入試のためにドイツ語を詰め込んだだけだった)。恒川さんを巻き込み、増成隆士君(筑波大学名誉教授)、河尻彰子さん(わたしの高校の同窓生で、お茶の水女子大学を卒業して美学に学士入学していた)の四人で、無鉄砲にもハイデガーの *Sein und Zeit*(『存在と時間』)を読んだ。ハイデガーの思想はもとより、その独特のドイツ語表現も初めて出会うものだった。あとのお二人はいざ知らず、わたしに関するかぎり、恒川さんの説明を聴いて初めて、テクストの真意に触れることができる、ということの繰り返しだった。だから、恒川さんに対してわたしも津上君と同じような間柄だったわけである。

このとき恒川さんから教えられたことのなかで、いまも重要と思っているのは、ハイデガーのテクストの多声的構造に目を開かされたことである。どの箇所について、どのようにかれが説明したかは覚えていない。しかし教えられたことの印象は鮮烈だ。そのことをここで説明したいと思う。かれの言語的センスとでも呼ぶべきものを紹介するうえで、(少なくともわたしの知る範囲で言えば)不可欠だからである。そこで、以下、少しハイデガーの思想に立ち入ることにする。この哲学者にも、またドイツ語にもなじみがない、関心がない、という方もおられよう。そのような方々にもわかっていただけるようにお話ししたいと思うので、少しお付き合い頂ければうれしい。くりかえすが、これは、恒川流の「読み」としてわたしが理解したところを紹介するものだが、以下の説明のようにことば化したのはわたしで、恒川さんがそのように話したということではない。

例として〝das Umhafte〟という語句を糸口にしよう。これは多分、どのドイツ語の辞典にも載っていない。ハイデガーの造語だ。当時のわたしは辞書と首っ引きという状態だったから、辞書に載っていない単語が出て来ると途方にくれる。この単語の意味は、「um 性」「um 的なもの」「um らしさ」「um の um たる所以」などと解することができる。〝-haft〟という接尾辞は、名詞や形容詞につくのが普通だが、〝um〟は前置詞あるいは接続詞で、この造語は並みの作りではない。初学者を呆然とさせるに十分だ。すなわちハイデガーは、この前置詞／接続詞を名詞のように扱った、ということである。前置詞や接続詞は物のような対象を指すのではなく、それらの間の関係を表わす。「um 性」を問題にするとき、かれは或る「関係」を主題としていたわけである（この関係がすなわち「世界」である）。この単語は、第一部第一篇第三章のCという部分の表題に使われていて、「um 世界の um 性」という語句をなしている（〔101〕以下、念のため原書のページ数を挙げておく）。「um 世界」（Umwelt）とは常用の単語で「周囲の世界」「環境」あるいは「環境世界」を意味する。そこでこの表題を、例えば原佑・渡辺二郎訳（《世界の名著》。手元にはこの訳書しかない）は「環境世界の環境性」と訳している。

これは整合的な訳だが、もとの言葉遣いの多声性を伝えていない。翻訳は主旋律だけしか伝えることができないだろうから、当然のことではある。しかし、「um 性」を「環境性」に還元してよいのだろうか。ハイデガーは「um 語群」とでも呼ぶべきいくつかの単語を用い、この「um性」をそれらの意味上の核としている。〝Umwelt〟のほかに、〝warum〟（［65］原書の一か所をあげる。訳書では「なぜ」）、〝Umgang〟（［66］「交渉」）、〝Umsicht〟（［69］「配視」）、〝Um-zu〟（［68］「何々するための手段である或るもの」）などである。これらのうち、多くのumは、「～のまわりの、～をめぐる」という前置詞としての意味で使われているが、〝warum〟と〝Um-zu〟は違う。〝warum〟の「なぜ」とは、「何のために」「何を目ざして」の意味だし、〝Um-zu〟はumの目的を表わす接続詞句（〝um...zu＋不定詞〟英語の〝in order to〟に相当）としての用法を名詞化したものだ。上記の「何々するための手段である或るもの」とは道具のことだが、身の「まわり」としてのumに、この目的性としてのumを重ね合わせるところに、ハイデガーの「世界」概念の核心がある。「～のまわり」を意味するum語についても、「目的性」の含意が倍音として響いている。このハイデガー的「世界」がいかなるものであるかを理解すれば、〝um〟の多声性の意義に得心がゆくだろう。それを次に説明しよう（ただし、以下の説明は、恒川さんの想い出から一層逸脱している）。

ハイデガーが、ひととしての存在を「世界内存在 In-der-Welt-sein」と規定したことは、よく知られている。《世界のなかで生きているもの》という意味だが、この風変わりな言い回しは、岡倉天心の『茶の本』に由来する。日本の、あるいはアジアの文化の特性を説くために英語で書いたこの本のなかで天心は、道教が〝the art of being in the world〟と呼ばれている、と指摘している。これを日本語への訳者たちは「処世（の）術」と訳している（ただし出典は不明）。著述する立場に立って考えれば、「処世」という語句を英語にしようとして、おそらくさまざまな工夫を試みた挙句に落ち着いたのが、“being in the world”だった。『茶の本』のドイツ語訳のなかのこの語句に想を得てハイデガーは、これを核として『存在と時間』を著した。ただし、「世界内存在」は「処世」と非常に異なっている。「処世」と聞くとわれわれは「世渡り」を考える。その「世」とはひとの世であり、人間社会のことである。ひとの生きている空間のなかにある物や自然などのことは考えない。それに対してハイデガーの「世界」は、まず“um”の相のもとに捉えられる。《世界のなかで生きている人間》にとっての「世界」とは、まず、かれを包んでいる環境世界（Umwelt）であり、その「環境性」とは、um...zu＝目的によって編まれた組織からなっている。すなわち、ひとに直ぐに接している世界、言いかえればひとと世界の接点は、ひとが手にもつ道具である。例えば、ハンマーはすでに金床と組み合わされ、刃物を打ち出すだろう。その刃物は食物を調理するのに使われるだろう。その食物は……、というぐあいに道具は体系をなし、世界はそのような網の目としてわれわれを包んでいる（付言すれば、世界の中でともに生きるひとの存在は、あとになって出て来る）。これは「ひとの世」とは非常に異なる「世界」である。わたしなどは、そこに産業の存在から、さらには生存のための戦闘という異文化を感じる。

説明はすでに、必要を超えてしまった。要は、周囲かつ目的性という"um"の両義性がハイデガーの「世界」を成り立たせている、ということである。だから、その多声的なテクストは、たえずこの「世界」の姿を描出していることになる。一例を挙げよう。"Der Umgang mit Zeug unterstellt sich der Verweisungsmannigfaltigkeit des » Um-zu «. Die Sicht eines solchen Sichfügen ist die Umsicht."（［69］）これは道具との交わりが独特の「視」の様式を形作っている、という趣旨の箇所で、um を含む語を特記しつつ訳を参照するならば、「道具との交渉（Umgang — "gang" は英語の "going" に相当）は手段性（Um-zu）の指示の多様性に従属している。そうした適応を見抜く視が配視（Umsicht — "Sicht" は「見ること」）なのである」となっている（「手段性」は「目的性」の方がよくはないだろうか）。これらに共通する um はそれぞれ全く別の日本語に移されているが、そのすべてに原義である「身の回り、かつ目的意識」という両義性を読みとることが必要で、かつ、そうしたときこの難解な文は平明なものになる。ここは「配視」と訳されたUmsicht が主題なので、それについて言えば、何かをしようという目的意識をもって周囲を見回したとき、それに適した道具がいろいろ見つけられる、そのような見回しがUmsicht である。

右の訳文を読みにくいと思うひとが少なくないだろう。難解で、それゆえ深遠なことを言っているはずだ、と考えるかもしれない。異言語に移したとき、"um"の二重の意味をそのまま生かすことはほぼ不可能だ。だから訳は主要な意味を生かして、他を切り捨てざるをえなくなる。しかし、そうなると、何故わざわざこのようなことを言うのか分からなくなるかもしれない。ここは〈"Umsicht"という語があるが、あれもわたしの注目している「um 語群」のひとつだ〉ということを言っているにすぎない。肉声による読み合わせをしているとき、翻訳するのとは事情がちがう。自立した訳文を作る必要はない。原文を目のまえに置いて、それをにらみながら、"um"が焦点にあるのだから、"Umsicht"も um を残したまま、「um 目線」というような適当な造語を工夫してあてがえば、それでよい。この〈um つながり〉を指摘するとき、恒川さんはとても愉しそうだった。言葉のこの遊びの次元は、初学者には捉え難いものだが、かれには既に読む快楽の源泉となっていた。それは楽譜を演奏するようなものだ。このことが恒川さんの読みの精髄につながる。かれの天才的な言語感覚は、このような演奏の性格を本領としていた。だから、文字ではなく、声で語ることが重要だった。文字について言えば、かれは大して多くの論文を残したわけではない。わたしの読んだ範囲では普通の論文で、読書会の際の熱っぽさを感じることはできない（だから、そのかれがドイツ文学会の理事長に推挙されたのは、余程のことだったとわたしは思う。かれの読みが多くの同僚たちを感服させた結果に相違ない）。かれにとっては、外国語のテクストを楽譜として、それを読解＝演奏することが何よりの快楽だった。その演奏は文字で以て「翻訳」することはできない。伊藤さんや津上君のお願いに応じて、かれらの勉強会につきあったのは、それが愉しみだったからだと思う。また、津上君が習得したのも、この演奏としての読みだったのではなかろうか。

音楽的な読解のためには、語句に縛られ、語句に没頭する初学者の読み方を脱し、テクストとの間に自由な言語空間を確保しなければならない。そのなかで、語句同士を響き合わせるためである。ただ、ここまで説明してきたハイデガーのテクストの構成は、かなり個性的なもので、どの書き手にも見られる、というものではない。だから、これが恒川流の読み方だ、と特定することはできない。多声性の向こうに、さらに奥がある。かれがハイデガーの言葉の遊びを捉え得たのは、筆者のスタイルをつかまえる直観力によるものだ。スタイルになじんでこそ、演奏が可能になる。その読書会から四〇年ほど後のことだ。さきに美学課程の仲間として紹介した川路重之さんが、恒川さんを講師としてパウル・ツェランの詩を読む会を企てた。誘ってもらったので数回出席した。予め選んでおいた詩を川路さんが訳し、恒川さんがコメントを付す（演奏する）という段取りになっていた。恒川さんの説明には深い感銘を受けることが幾度もあったが、数回で断念した。わたし自身が予習しなければ十分な理解を得ることができず、その予習をする余裕がなかったからだ。わたしが垣間見たかれの読みの深さは、殆ど憑依するようにツェランのスタイルを肉化したところから生まれたものだ。当然、上記のような言語空間ということを思った。さまざまなテクストを読み、そこに見られる単語や言いまわしが恒川さんのなかで蓄積され、響き合う、そのような空間だ。かれの語感、言語感覚は、このようにして生成していったものに相違ない。

ツェランの会を主宰した川路さんは、後に恒川さんの罹病を知らされたとき、「恒川君のいない人生など考えられない」と洩らした、それほどの親友だった。恒川さんが明治大学を定年退職するとき、最終講義もパーティもないと知って、川路さんは、その定年を祝う（「祝う」というのは「定年」を形容する慣用語句だ）会を催した。われわれのような旧友や、研究者仲間、教え子など一〇〇人近くが集まる盛況だった。そのときのスピーチで、かれは珍しく熱弁をふるった。珍しくというのは、それまで読書会という少人数の集まりでの言葉しか聴いたことがなかったからである。読書会は言わば内輪の室内楽だが、この夜の集まりは、コンサートだった。かれは、たしかロシア語の訳を読んでの感想を糸口に、各言語の特殊性というような話をした。すなわち、訳されていてももとの言語のたたずまいが残る、ということだ。かれは外国語のテクストを読みつつ、その言語空間を育み、言語というものの不思議に魅了されていたものと思う。

恒川さんとの交友には、スイスの哲学者エルマー・ホーレンシュタインさんがからんでいた。誘ったところ、この定年パーティにも来てくれた。想い出はいろいろあるが、或る会食のことだけは書いておきたい。それは、日暮里のスイス・レストランで会ったときのことだ。ホーレンシュタインさんにとっても、わたしにとっても、これが恒川さんに会う最後となった。この日、かれは小一時間遅れてやってきた。かつてなかったことで、途中で体調が悪くなったのだろう。会話もあまりはずまなかったが、近況として、オペラについてのレクチャーをしている、とのことだった。明治大学が運営している公開講座で、映像を見せながら説明をするものだ。かれはベルクの『ヴォツェック』が好きだったが、このときはマイヤベーヤを取り上げると言うので、ちょっと意外の感を覚えた。熱心な受講者がいるのでやめられない、と言っていたが、自身の愉しみでもあったと思う。おそらく、亡くなるまで次回の準備をしていたに相違ない。

帰り道、よもやま話で街の景観に話題を向けてみたが、かれは心ここにあらずだった。ホーレンシュタインさんと話していたが、何の話だったのか、ホーレンシュタインさんに訊ねたが覚えていなかった。会話とはそのようなものだろう。駅のコンコースで、わたしは二人を見送った。長身のホーレンシュタインさんを見上げるように、話すことに熱中している風だった。それがかれを見たラストショットだ。そのころわたしは、週に一度、日暮里駅のコンコースを通っていたが、そのたびにかれの後ろ姿のまぼろしを見る思いがした。

10 リュシアン・ペルネ（Lucien Pernée）——秀才の失意

フランス政府の給費留学生試験に合格し、エックス・アン・プロヴァンスの大学に行った。博士課程（第三課程と呼ばれていた）には必修単位がなく、出席すべき授業はなかった。加えて、指導教官のジャン・ドプラン先生は、「授業には出るな、教師たちはフランス語ができない」と言われた。国語の乱れを憂い、外国からきた学生を劣化したフランス語（おそらくは軽薄な言い回し）にふれさせまい、という配慮だった。しかし、わたしはそのようなハイレベルの志を懐いていたわけではなく、少しでもフランス語の実践を積みたいと思っていた。だから困惑したが、内緒でギリシア語初級のクラスに出てみた。その時の先生がペルネさんである。一八〇センチを超える長身で、威圧感はないものの立派な体躯、金髪、メガネの奥にはブルーの瞳が微笑んでいた。若々しく（出会ったとき、かれは三一歳、わたしは三〇歳、日本風に言えば同学年だった）、授業は意欲にあふれていた。

ペルネさん――後に手紙やメールを頻繁に交換するようになると、ファーストネームで呼び合うようになったが、家庭内でヒロコと話すときはかれを「ペルネさん」と呼ぶ。おそらくその距離感が正確だろう。著書を送ってくれたとき、書き込まれた献辞は「昔のすぐれた学生で、友人であるケンイチ・ササキに」というものだったし、終生 vouvoyer（「お前」や「きみ」というより「あなた」に近い二人称の呼び方をすること）を越えることはなかった。だから「ペルネさん」と呼ぶことにしよう。かれの関心の所在は、古代ギリシアの文学よりは言語にあった（晩年にソポクレスについての研究集会を主催し、成功を収めたとのことだが、かれのソポクレス論に触れる機会を逸してしまった）。古典学者の多くは、哲学を含む文学に関心があり、文学のために言語を学ぶのではなかろうか。しかしかれは、言語そのものへの関心から古典ギリシア語に入り込んだ。どの言語にも、他にはない特異性あるいは個性があり、それをつかむのがその言語を習得するための要だ、というのがかれの根本的な言語観だった。そこで、古典ギリシア語の理解を深めるために、現代ギリシア語の授業（プロヴァンス大学は、地中海文化の研究を重視して、このような授業を開講していた）に学生として参加した、ということをかれ自身が授業のなかで語ったこともあった。この言語観は、チョムスキーの普遍論の対極にあるものだが、留学生だったわたしの言語経験と照応するところがあり、そこから大きな刺戟を受けた。留学から帰って最初に書いたフランス語の論文は「時枝とバンヴェニスト」を比較して、日本語の個性を明らかにしようとするもので、これをペルネさんに献呈した。また、建築についてのエッセイを送ったところ、君らしいと評されて少し驚いた。自分の書くものに個性的なところがあるなどとは思っていなかったからだ。自己自身は見る側にあり、それを見ているわけではない。その個性を捉えるにはことさらな反省的構えが必要になろう。だから、かれの指摘を受けるまで、それは言わば死角にあった。しかし、いまでは、自身を規定している日本的な感じ方、思考法が関心の中心になっている。これはペルネさんの導きによるものかもしれない。

　このようにしてギリシア語の個性を把握しようとしつつ、その理解に則して初学者への教授法を工夫するのが、かれの野心だった。つまり入門の授業こそが、かれのやりたいことだった。あるとき、多分、職の展望についての私的な会話のなかでのことだったろう（そのときかれは assistant 助手で、次は maître assistant〔主任助手とでも訳せようか〕だが、その地位を得るには相当の選抜が待っていた。つまり、何人もいる助手のなかで、主任助手になれるのはひとりだけ、というような状況のなかにいた）。「自分は高校《リセ》で教えることは何でもない。少し若いひとたちに教える、というだけのことだ」と言っていた。社会的地位に恬淡としたかれの思いとともに（かれは准教授のまま退職した）、右に記したかれの学問的野心にも由来する言葉だ。ギリシア語ならギリシア語の核心的な個性をいかにして教えるか、という教育法の開拓が関心事だったから、授業は、毎回、自分でタイプライターを打って作成したプリントを教材としていた。その工夫の蓄積は、やがて（わたしの手元にあるかぎりでは）二冊の実習書として結実したが（いずれもFernand Nathan 社刊）、それはかれが手づから作成したプリントをそのまま製版して作られている。

かれの人生観は、原始人の生活形態を思わせた。特異なものではなく、多くのひとがそう思いそのように生きてきたありかただが（最近はフェミニストから攻撃されているものでもある）、言葉にして語られると個性的に聞こえた。曰く、男は狩りに出て獲物をとってくる、女は子供を育てる、というような語り口だった。かれにとっては何より家庭が大事で、大学での研究や教育も、家庭を守るためのように見えた。そのころ、かれら夫婦には、男女二人ずつ、四人の子供がいて、当時は珍しかったボックス型の車で移動していた。わたしがペルネ家と親しくなったのは、留学して半年が経ったところで、家族がエックスに来てからだ。ペルネさんは、われわれ異国の家族に、フランスの普通の家庭生活がどのようなものかを教えてやらなければならない、と思ったらしい。ピクニックに誘ってくれた。当時わたしは「ピクニック」の何たるかを正確に理解してはいなかった。少人数の友人たちとの遠足、言い換えればハイキングの別名というくらいに考えていたが、大事なのは、食事を用意して行って外で食べることだった。その当日、多分天気が悪かったのだろう、郊外のカフェで、互いに用意した食事を交換しつつ食べた。ヒロコは海苔を巻いたおにぎりを主に、彩りゆたかな運動会風の弁当を用意した。そして、ペルネ夫人からニース風サラダのレシピを教えてもらったのも、多分、このときだった（ふたりともニースの出身だった）。ペルネさんによれば「ピクニックを受入れてくれるカフェがある」ということだった。説明の必要はあるまいが、その店の食べ物をとらない、ということで、この日は、飲み物もとらずに席料をはらったように思う。食事ついでに言い添えれば、かれはワインに一切手をつけなかった。父親が大酒飲みだったので、自分のなかにもその血が流れているのが怖い、とのことだった。わたしはその意志の力に感嘆した。

その日の午後だったか、別の日だったか、記憶は定かでないが、ペタンクに誘ってくれたこともある。野球のボールくらいの大きさの鉄製のボールを投げ、カーリングのように相手の球をはじきながら、ゴールに接近することを競う遊びで、南仏のローカルで伝統的なゲームだ。公園があればどこでも誰かがやっているほどポピュラーで、簡単そうに見えたが、やってみると結構難しかった（そのとき初めて、ゲームのルールに従い、かれを「リュシアン」と呼んだ）。そのとき連れて行かれた公園がどこだったのか、まったく覚えがないが、周りを灌木や立木に囲まれていて、その辺りにもちらほら人影があった。「かれらが何をしているか分かるか」と訊かれたが、皆目見当がつかなかった。そのひとたちは食用にかたつむり（エスカルゴ）を採っているひとたちで、特に雨上がりのときにかたつむりが出て来る、とのことだった。また、ずっとあとになって、お嬢さんがエックスの教会で結婚式を挙げるとき、縁者や友人たちに送った案内状を日本に送ってくれた。喜びを分かち合ってほしかったに相違ないが、結婚式のときにはこういう手紙を出し、こういう次第で行う、ということをわたしに教えてくれるものでもあった、と思う。

こんな具合に家庭人のペルネさんだが、異例の秀才だった。どのような文脈で聴いたのか覚えていないが、かれはPh.D.相当の博士号をもち、若くしてCAPESとアグレガシオンに合格していた。前者は長い名称の頭文字をとったものだが、普通に「キャペス」と呼ぶ。仏和辞典は「中等教育教員適性証」と訳している。「アグレガシオン」の方は「〔中・高等教育〕教授資格」だ。しかし、これがいかなる「適性」や「資格」であるのかは、よく分からない。アグレガシオンをもたない大学教授がいるからである。また、アグレガシオンをもっているからといって大学に職を得られる保証はない。では、何のための「資格」なのか。旧友のマリヴォンヌ・セゾンに訊ねてみた。長い説明をくれたが、この曖昧さは消えない。彼女がミケル・デュフレンヌの後を襲うようにナンテール（パリ第十大学）に任命されたとき、二三歳でアグレガシオンの試験に合格していることを審査員に高く評価されたとのことだった。このように質問しなければ語ってくれることはなかったろう。わたしは彼女への尊敬の念を新たにした。要は、アグレガシオンをもっているからといって大学の職は保証されないが、その採用にあたって有利に働く（かもしれない）、また、持たずに大学に職を得たとしても、その事実は同僚たちに記憶されているらしい。これも「ディスタンクシオン」（社会的な区別）のひとつだ。

それがいかなるものかを理解していただくことが必要と思って、知り得たかぎりで簡潔な説明を試みたが、わたしがペルネさんを稀な秀才と思ったのは、より単純な知識というか、経験というか、によるものだった。ある日の授業のあと、同じ教室でキャペスとアグレガシオンの国家試験についてのガイダンスがあるというので、好奇心から覗いてみた。かなりの数の学生が集まった。他のことは覚えていないが、記憶に焼きついた一事がある。それは、フランス中の国立大学を列記し、その卒業生で前年のこの二つの試験《コンクール》に合格したひとの数を書き込んだ表である。多くのゼロが並んでいた。ペルネさんは、マリヴォンヌと同じように若くしてアグレガシオンを得たとびぬけた秀才だった。その分野は「古典文学」ではなく「文法」である。この違いもよく分からないが、「文法」のアグレガシオンは、フランス語と古典語の教授資格を認めるものらしい。ペルネさんが、そのキャリアの初期にカナダで教えたのは、フランス語だった、と聴いた気がする。

このようなわけで、ペルネさんは自信にあふれ、輝いていた。わたしが留学から帰国した数年後、国際美学会議に参加するために渡欧した夏、ペルネ一家はアルザスでヴァカンスを過ごしていた。そこに招かれ、ストラスブールまで迎えにきてくれた。宿をとってくれて、コルマールの街を案内してくれた（グリューネヴァルトを初めて観たのも、このときだ）。四人の子どもたちのために、毎年、フランスのなかの異なる地方で夏の家を借りて、ヴァカンスを過ごすとのことだった。狩人の家長は、教育パパでもあった。わたしのような留学生への優しさもその延長上のことだったと思う

大学の中でもペルネさんはしっかりした存在感を示していった。ともに四〇歳代の初めごろのことだったと思う、わたしはプロヴァンス大学の近代文学の或る教授に会ってみたいと思った。文学研究の方法としてレトリックを援用してらした、と記憶している（当時、わたしはレトリックに熱中していた）。ただ、その方のお名前は失念してしまったし、きっかけとなった論考も見つけ出せないので、調べるすべもない。ペルネさんはその先生のお宅に連れて行ってくれた。エックスの北側の丘陵の、セザンヌが画いたような森の中に、そのアパルトマンはあった。モダンな造りの建物で、富裕な感じがした。そのお宅を訪ねるのは、かれも初めてだったらしいが、ふたりが気安い間柄であることに、わたしは強い印象を受けた。プロヴァンス大学文学部の教授会がどのようなサイズで、どのような雰囲気の人間関係なのかは知らないが、ペルネさんはそこにしっかり座を占めているということが窺われた。

ペルネさんは、その教授の住居のようなアパルトマンを手に入れようという気はなかったと見える。わたしが留学して出会ったころ、かれはエックスの鉄道（ローカル線）の駅前広場に

面した古い建物の二階に住んでいた。大学まで歩いて一〇分とかからない場所だった。互いに五〇歳代に入ったころ、ヒロコと次女のマイコと三人で訪ねたとき、一家は引っ越して、中心部から少しはなれた近代的な団地のなかに住んでいた。このとき、四人の子どもたちは既に独立していたが、歳の離れた五番目の子どもである小学生くらいの女の子と三人暮しだった。かつて差し上げた日本土産を取り出してきて見せられたのには驚いた。こちらが恥ずかしくなるようなささやかなプレゼントでも大切に保存してくれる、そういう細やかな気配りのひとだった。そして、お返しのようにプロヴァンスのテーブルセットを頂いた（いまも時折、これをテーブルに敷く）。この住居は快適だが手狭な感じがした。そのあと一家はもう一度、街からさらに離れたところへ転居した。TGV（フランス版新幹線）が開通したことによって、イギリス人たちが大挙して押し寄せ、地価が高騰し、それとともに家賃も上がって、それまでの部屋に住めなくなった、という話だった（イギリス人の書いた『南仏プロヴァンスの一二か月』という本が世界的なベストセラーになったころのことだ）。最後のお宅をわたしは知らない。町の中心から歩いて三〇分くらいかかる、と言っていた。住居を購入する気があったなら、それは可能だったのではあるまいか。そうしておけば、このような不自由を味わうことはなかっただろう。

住宅問題がかれの失意を誘ったかどうかは分からない。しかし、その職業に関して、かれははっきりとした失意を味わった。そのような告白めいたメールをもらったことがある。これについては正確を期したいのだが、その時期のメールがどうしても見つからない。マシーンを乗り換えるとき、「引っ越し」を忘れたとしか思えない。だから、記憶で書くより仕方ない。細部は間違えるかもしれないが、核心にあるかれの気持は、正確に捉えているつもりだ。いま、かれからのメールは一通しか残っていない（ほかに、かれの死を伝えてくれた奥様のメールがある）。それは二〇〇一年末のもので、eメールを始めた最初の連絡だった。既にあの歳の離れた末っ子の女の子も家を出ていて、フランス中に散らばった子どもたちと連絡をとるのにメールは便利だ、というのがその動機だった。やはり家族第一だ。そのなかで、定年まで九年を残し、来年退職する、と告げていた。書きたい本が何点もあり、otium のためだ、と説明していた。閑暇を意味するこのラテン語は、隠棲や清閑などの文人の理念に近いように思うが、もとよりわたしに適切な語感があるわけではない。ただ、このように解すると、otium の哲学こそ、ペルネさんの人生をつらぬいていたものだ。そしてこの時点で、かれの otium 計画は光輝を放っていた。

二〇〇七年の早春、あるいは晩冬にエックスを訪ね、ペルネさんに会った。待ち合わせ場所に決めたラ・ロトンド（街の中心にある大きな噴水のあるロータリー）の歩道に立ち、車で来ると思って道路を見ていたら、背後から肩をたたかれた。三〇分の道のりを歩いてきたのだった（夫婦二人だけになり、もう車は不要になった、とのことだった）。このときかれは、既に何度か口腔癌の手術を受けていた。相変わらず快活に、粒状の癌を取る手術のことを語ったりした。ただ、早期に引退したことを悔やんでいた。学生との接触が消えた生活の空白感のためだろう、とわたしは思った。間違いなく日は傾き始めていた（くりかえすが、わたしはほぼ同年だ）。別れ道で手を振るかれの後ろ姿に、かつてのように力がみなぎってはいなかった。わたしは、かれを日本に招こうと計画した。若かったころ、いつか日本に行きたい、と言われた言葉がずっと心の片隅にあったからだ。それに、かれのソポクレス論を語ってもらうのは愉しみでもあった。結局、この計画は成功しなかった。かれの方でも、体調を考えてのためらいがあったから、それを説得した挙句の果ての挫折には、すまないという思いが残った。そのやり取りのなかで、かれから次のような問いかけを受けた。〈きみは今の仕事に満足しているか、生まれ変わってもこの仕事を選ぶか〉というその問いには、深いイロニーの響きがあった。自分の仕事が社会のなかで重んじられなくなっていることへの失意を、言外に語っていた。

かつての快活な力強さは、自信に裏づけられたものだった。その自信は、自分の能力への自負のみによるものではない。その能力自体が社会的に認知された価値に則しているという確信が、前提としてある。いま、その確信が揺らいでいた。何があったのか。一〇年足らず前には、自信にあふれ、otium への期待に満ちていた。揺らいだのは、おそらく、その otium の哲学そのものだったろう。この世的な豊かさ（物質的な富や「名誉」）に背をむけてこその otium の哲学である。幾つもあったはずの著作計画についても、何かを公刊したという報せは届かなかった。今の仕事に満足かというかれの問いかけは、古典的教養に関する世の中の風向きの変化を暗示していた。わたしは少なからず驚いた。ギリシア・ローマの古典の素養はフランス文化の根底をなしていたのではなかったか。わたしの返答は次のようなものだった、と思う。〈次の世でも、わたしは多分、同じ職業を選ぶのではないかと思う。少なくともいま、この仕事に満足している。また、ギリシアの古典に関する学殖について言えば、日本では深い尊敬の念を以て遇されている〉。これに対してペルネさんは、きみがうらやましいと返してきた。

かれがどのような経験をしたのか、なにゆえにあの慨嘆の思いを洩らしたのか、それは分からない。しかし、いま応えるとすると、わたしの返答はかなり違ったものになったかもしれない。少なくとも、ことの現実がはるかに複雑であることが分かり始めているし、それに応じて、かれの失意の思いに共鳴するところがあるからだ。古典ギリシア語の研究者にして教師というあり方は、かつての日本における漢文の教師と似たところがあるだろう。高校生だったころ、漢文の先生方は戦後という新しい時代のなかで居心地が悪そうだった。それは東アジアの文化体系が、西洋的なものに取って代わられたことによる変化だった。今は状況が相当に変化しているはずだが、その変化もまた、諸文化を相対化する思潮に由来している。このアジア対西洋という文化的対立の契機は、フランスに於ける古典語の状況には無縁である。それでもなお、少し巨視的にみるなら、西洋社会においても、文化相対主義は広まり、価値の普遍性の理念に立脚する古典的教養の退潮は否定しがたい。ルネッサンスに由来する古典的教養は、近代社会の柱のひとつであり、ひとの「ディスタンクシオン」を規定する重要な原理だった。その原理を支えたのは、無言の敬意である。その敬意そのものを破壊する暴力的な言辞が、いま、蔓延している。もちろん、わたしはフランス社会の現状を知っているわけではない。いま身の回りで起こっていること、アメリカで起こっていることの報道などから、類推しているだけだ。ペルネさんは一市民として誠実に生き、知識人として創造的に仕事をした。その秀才に失望を味わわせるのは、仕方のないことだったのだろうか。

七〇歳に一年届かない年の春、ちょうどわれわれ一家をピクニックに誘ってくれたのと同じ花の季節だ。プロヴァンスの春は、アプリコット、さくらんぼう、アーモンドの花々が咲き乱れる。いのちの再生するその季節に、かれは死の床にあった。枕辺には夫人と、フランス各地から戻った五人の子供らが見守った。かれの末期がんは激痛をもたらした。夫人は"il s'est battu comme un diable"と伝えてきた(ただし、それは心がやや落ち着いた三か月後のことではあった)。直訳すれば「悪魔のように闘った」となるが、「烈しく抗った」という意味らしい。それでも「悪魔のように」という言い回しが頭から離れない。そのニュアンスが分かっているわけではない。それでも、それは七転八倒する苦痛を活写しているように響く。かれが逝ったのは、

「もう逝ってもいいのよ」という夫人のつらいことばに誘われてのことだった、という。

11　木幡順三さん――求道としての美学

木幡さんが亡くなられて既に三十有余年、その名も知らないというひとが増えているらしい。一九八四年、五八歳の若さで亡くなったときには慶應義塾大学の教授だった。もしも、いつの日か日本の美学史が書かれることがあれば、木幡さんは、オリジナルな思索者として、その一ページを飾ることだろう。そのユニークさは、一貫して人生における美的体験の意義を問い、それを自身の研究人生の道程と重ね合わせて生きた、ということにある。その著作の字面を追えば、学問的情報が満載されていて、「本心」はなかなか見えてこない。遺著となった『求道藝術――藝術と宗教の地平』（春秋社、一九八五年）が書かれなかったならば、その思索者としての素顔はついに明かされなかったかもしれない。以下、わたしの知るかぎりの木幡さんのそのような素顔を描出したい。書き残しておきたい貴重な思い出がいくつもある。しかし、それだけではない。これを書くために『求道藝術』を念入りに再読し、もうひとつの遺著である『美意識論』（東京大学出版会、一九八六年）をもひもといた。その思想が著者の肖像を描くのに不可欠と思ったからだ。学問的な木幡順三論ではないが、以下のエッセイは、いかほどか木幡さんの美学についての粗書きな解釈に及んでいる。

それでもやはり、まずは思い出から。個人的なものだが、心の底に沈みこんだ重みがある。これまで瑞枝夫人にも話したことはない。というより、何故かとくに瑞枝さんには話してはいけないように思ってきた（瑞枝さんも美学者で、よく存じ上げていた。『齋藤史 存在の歌人』不識書院、一九九七年 ほかの著作がある）。その瑞枝さんも亡くなられたので（二〇一八年）、解禁してもよいかと思う。あれは一九八〇年頃のことだった。木幡さんから分厚い私信を頂いた。その手紙は処分することのできるようなものではなかったから、いまもどこかにある。探して読めば、より詳細なことが分かるはずだが、見つけても再読をはばかる気持がつよい。だから、記憶のままに話すこととしよう。当時住んでいた野田の家の書斎で、夜の薄闇につつまれ、机上の小さな明かりの環のなかで封を切った。この大先輩（木幡さんはわたしより一七歳年長だった）から手に重い封書をもらうということが既に、不穏な何かを告げていた。手紙の内容は、一言で言えば、死の宣告を受けた、という告白だった。木幡さんが宿痾に苦しんでいるということを、それまで知らなかった。瑞枝夫人は、『美意識論』のあとがきのなかで、「一五年にわたる」闘病と書いているので、発症は一九六九年だ。病は母子感染による先天性の肝炎で、病状は緩慢に、しかし確実に肝硬変へと進む。イプセンの『幽霊』のような、運命としての病だ。木幡さんは旧友の医師を主治医として、通院治療を受けていた。あるときその医師から、「お前も長年美学の研究をしてきたのだから、そろそろ、生きて来たことの証となるような本を書いたらどうだ」と言われた。それを聞いた瞬間、「わたしは全身が一気に紅潮した」と木幡さんは書いてらした。この医師の言葉も、木幡さんの手紙の言葉も引用ではない。だから、字句はそのままではないが、内容の記憶は鮮明だ。発症から約一〇年で余命を数えるほどの状態になった、ということである。そしてこの重い手紙の告白を受けたあと、わたしは木幡さんと五年ほどの交友の時間を得ただけだった。

病の事実の衝撃とともに、何故わたしにその秘密を洩らされたのか、という謎をあやしむ思いにも捉えられた。この告白を受けて、木幡さんとわたしの心の距離は一挙に縮まったが、それまでは特別に親しい間柄であったわけではなかった。いま顧みて、木幡さんがわたしに何らかの親しみを感じてくださっていたとして、それがなにゆえのものだったかと自問すれば、木幡さんの一般美学論である『美と藝術の論理』（勁草書房、一九七四年）についてわたしが送った感想や疑問を綴った手紙しか、思い当たるものはない。と言っても、わたしがそこに何を書いたのか、まったく覚えていない。疑問や質問を呈すること、ときには反論を試みることが、著書を送呈されたときの最高の謝意の表現であると考えていた（いまもそう思っている）から、きっと、生意気なことを書き連ねたに違いない。木幡さんはその一々に応答してくださった。それを愉しんでおいでの風でもあった。この著書は多くの版を重ねた名著だが、初版は著者が東洋大学に在籍していた頃の刊行で、一九七六年に慶應に移られたあと、同大学の通信教育部の教科書として使用された。その聴講者のひとりから、「わたしが探していたのはこういう美学だったのです」と言われたことを、とても嬉しそうに話されたことが記憶に鮮やかだ。この言葉からは、その受講者が相応の経験を積んだ年配のひとであるような印象を受けるが、どういう点に共感したのかということは分からない。推測するに、人生のなかでの美や藝術の経験の意味を問う著者のスタンスに、《求めていたものを見つけた》という感動を覚えたのではなかろうか。もっとも、そのような学問的姿勢は、『求道藝術』においてこそ前面に現れてくるのではあるが。

告白を受けてからの数年間、ときおり会って歓談のときを過ごす、という以外に特別のことがあったわけではない。その歓談の話題にしても、上記の聴講生の話が記憶にあるだけだ。それでも、その話題を含め、木幡さんが慶應での研究教育に大きな満足を覚えてらしたことは、わたしにも幸福感を与えてくれた。東洋大学では、一般教養の担当で、専門的な問題意識をもたない多くの学生を相手にしてらしたので、それを徒労と感じておられたようだ。その間も専門的な研鑽を積んでらしたことは、その著作から明らかだ。読書の幅の広さと読解の綿密さは際立っていて、今も感嘆の念を禁じ得ない。研究の深まりと仕事の環境のあいだのギャップゆえに、ご自身の問題意識と聴講者の関心の隔たりは広がっていったのだろう。慶應での研究教育生活に幸福を感じたということは、独白的な研究ではなく、学生たちとの学問的交流を重視しておられたことの証しだ。

木幡さんが亡くなられる前後、有難いとしか言いようのない三つのお役目を頂いた。まず、亡くなられる少し前のことだったと思う。慶應の中野博詞教授から電話を頂いた。中野さんはハイドンの研究者として著名な音楽学者で（『求道藝術』同様、高梨公明さんの編集した『ハイドン復活』や『ハイドン交響曲』が春秋社から刊行されている）、木幡さんは同じ学科のなかで、特に親しかったらしい。電話は非常勤講師の依頼だった。それが木幡さんの指名であるということから始めて、慶應が自由な校風であることを語り、熱心に誘ってくださった。たしか池田弥三郎の名を挙げ、かれの場合は休講ではなく開講の掲示が出るくらいだ、と言われたのが、別世界のように新鮮に聞こえた。講師の件は有難くお受けしたが、もちろん、池田流の自由を享受するようなことはなかった。これが機縁で、その後、非常勤ながら長期にわたって慶應の教壇に立つことになったが、それはわたしの教師人生のなかで特にしあわせなことのひとつである（何人かの受講生とはいまも親しい交流がある）。この最初のお誘いの際、何故木幡さんご自身ではなく、中野さんが電話してこられたのか、不審に思わないわけではなかったが、そういうお役目なのだろうと一人合点した。そして間もなく木幡さんの訃報を受けることになった。いずれ近いうちと予期してはいたが、やはり衝撃だった。

驚かされたのは、瑞枝夫人から弔辞を依頼されたことである。後にも先にも、弔辞を読んだのはこのときだけだ。巻紙に筆で書くというマナーは見知っていたが、生来の悪筆なので、原稿用紙に書いた。多分標準を超える長さだったと思う。弔辞のスタンダードなスタイルを知らずに書いたから、その作法には無頓着で、直情的なものだった。それを読むときには、恥ずかしいほど涙にくれた。東北大学の西田秀穂さんが、「若いひとが木幡君をどう思っているのかよく分かった」と言ってくださったが、下書きを取っておかなかったので、いまその内容を知るすべはない（と書いたが、その後、ひょんなことから下書きが見つかった。だが、読み返してはいない）。葬儀には大阪から、小学校の同級生だった女性が数人参列していて、「木幡君は優しくて、勉強をよく教えてもらった」と述懐しておられた。

三つめのお役目は年を越して翌春のことだ。遺著として『求道藝術』が刊行され、その紹介文を『春秋』（春秋社のPR誌）に書くようにという、やはり瑞枝夫人からのご指名を頂いた。『求道藝術』は、木幡さんの人となり、その学問的生涯を知るうえで決定的に重要な著作である。もしも、この著書が書かれなかったなら、木幡さんは温厚でひとに優しく、篤実な研究者という像しか残さなかっただろう。だから、この本の意味を問うことが木幡さんの肖像を書くことだ、と言っても過言ではない。だが、そのまえに問うておきたい疑問が二つある。

木幡さんは大阪の生まれで、旧制の三高（のちの京都大学教養部）を卒業し、一九四八年に東京大学に入学している。何故なのだろう。いわゆる京都学派の名声もあり、哲学の分野では、東京から京都に行くひとはあっても（三木清がその代表）、京都から東京に進むひとはまれだったのではあるまいか。もうひとつの疑問は、木幡さんはなぜ、美意識論を自身の「主著にしたい」と考えたのか（瑞枝夫人の証言。『美意識論』あとがき）、ということだ。美学の研究者でなければ分かりにくいことかもしれないが、美意識ということばは実に厄介で、得体が知れない。この語は多くのひとの口にするものだが、もとは西洋語からの翻訳で、このように訳したのは美学研究者のサークルだったに違いない。しかし、日常語としての「美意識」が、「漠然と美に関する個人の判断基準を意味する」（『日本国語大辞典』）のに対し、美学の術語としての意味はこれとは相当に異なっている。わたしはこの日本語の形成史を知らないが、ドイツ語のÄsthetisches Bewußtsein（英語では殆ど使用例を見ないが、敢えて英語に直せばaesthetic consciousnessで、話は通じる）の訳語であることは間違いない。厳密に訳せば「美的意識」と言うべきところ、美意識というなめらかな言い回しをとったために、この日本語は言わば成功をおさめ、独り歩きして、右のような意味で使われるようになった。わたしは、この語はその日常語の意味で使うべきだと思っているが（その意味での用語としては味わいが深い）、例えば英語の aesthetic consciousness がその意味を表し得るのかどうか、確信がない。また、付言すれば、この語句はわたしが調べたかぎりの欧米の美学や哲学の用語辞典には、全く取り上げられていない。日本の美学者のなかでもこの概念を主題として論じたのは大西克礼と木幡さんの二人しかいない。そこで、さきほどの何故東京かという疑問とこのテーマはリンクするのではなかろうか。木幡さんは大西の『美意識論史』を読んで、東京大学での美学研究を志したのではないか。大西のこの論考が単行本として刊行されるのは一九四九年のことだが、初版は『岩波講座哲学〈問題史的哲学史〉』に上下として公表されている（一九三三年。ただし、この二つの版の異同をわたしは確かめていない）。だが、妙に専門的な推断が過ぎたかもしれない。お嬢さんのアユ子さんによれば、環境を関西から他所に変えたかったのではないか、とのことだ。それでも敢えて「美意識」に注目したのは、木幡さんにとってこの概念がとくに重要なものだったこと、そしてそこには不可避的に、独自の意味が込められていたことを示しておきたかったからである。事実、この概念は、木幡さんのなかで求道の概念と深く共振している。

そこで、美意識に関する考察を糸口にして『求道藝術』に進み、これらにおいて木幡さんが何に心を震わせていたのかを考えたい。とはいえ、この概念そのものが難物であるのに劣らず、これに関する木幡さんの思想も簡明に示すことは容易でない。木幡さんは竹内敏雄編『美学事典』（弘文堂、一九六一年）にかなり長文の「美意識」の項目を書き、その一〇年後、平凡社の『哲学事典』にも同じ項目を寄稿している（これは無署名だが、著者が木幡さんであることに疑問の余地はない）。後者の解説の方がずっと明快だが、前者では「美意識」が「美的体験」と交換可能な概念であるという指摘、後者ではこの精神活動の創造性を強調し、藝術批評や美学思想の根底をも支えるものとしている点が注目される。わたしがこの三点を特に取り上げるのは、それらが相互に結び合っているように思われるからだ。

まず「美意識」が「美的体験」と同義なら、なぜ美的体験と言わないのか。こちらは多くのひとが論じている基本術語である。これについての木幡さんの説明は見つからないが、あとの二つのモチーフ（創造性、および批評や美学の根底となること）のなかに、その答えを見ることができると思う。美意識の創造性とは、藝術作品なり自然景観なりの体験において、その対象を、単にそこにあるものとして受け取るのではなく、自身で構成し、作り出すと言えることさえある、という意味である。誰もが経験している身近な事実に照らして説明するなら、自己の成長（あるいは老化）とともに、同一の作品の見え方が変化してくる、ということがある。嵐のように経験した作品が齢を重ねると味わいの深いものとなり、若いころには見えなかった細部が印象を増してくる。あるいは、青春期に熱狂した作品が、壮年期には陳腐なものに見えてくるということもある。これはそのときどきの自己が、作品を或る意味で創造しているからである。もちろん作品は作者が創ったものに相違ない。しかし、読んでいない小説は、知識として存在している事実にすぎない。それがわたしにとって藝術作品であると言えるためには読まなければならず、読書は一種の対話である。それは、わたしの関心、価値観、感じ方によって、作品がある起伏をもって現れてくるからである。裏返して言えば、読まれた作品はわたしをつくる。それまでに培ってきた関心や価値観を強められたり、逆に再考を促されたりするからである。このようにして、またこの意味において、美的体験は創造的である。それを「美意識」と呼ぶことに執着するのは、おそらく、「体験」が一回限りのものという含みをもつのに対し、この創造的体験の延長上に経験主体の成熟を見ていたからではないか、と思う。「意識」がひとの精神活動の現実態であることを、木幡さんは強調している。

精神の活動としての美意識を語り、その心理学的な意味に対して哲学的な意味を強調してはいるが、木幡さんの美意識論は十分な成功に到らなかったと思う。『美意識論』は全七章からなり、著者の作成した目次原稿と、昭和五九（一九八四）年四月の日付のある「はしがき」を含んでいる。すなわち、それは完結した著作である。だが、完成とは言えない。この「はしがき」は著者の亡くなる数か月前に書かれたものだが、それは木幡さんが近づいてくる死に直面しつつ『求道藝術』の完成に心血を注いでいた時期だ。当然、『美意識論』の本文は『求道藝術』に着手する以前に書かれたものである。これが真に完成していたなら、『求道藝術』は書かれなかったろう。完成のために何が欠けていたのか。それは、右に指摘した美意識の成熟という主題に届かなかったことである。

『美意識論』は二つのモチーフの議論に尽きている。ひとつは「驚き」（木幡さんは「驚異体験」という）、もうひとつは「時熟」である。美的体験としての美意識は「出来事」であるから、「驚き」から始まる。子供が驚くようなことに、大人は驚かなくなる、という事実が示すように、驚きはひとそれぞれの、その時々の状況の函数である。これを積極面から言えば、何かに驚きうるためには、時満ちていなければならない、ということであり、これが「時熟」ということである。ただしそれは、いまの驚きの由来である。その驚きの体験が「意識」（＝精神の現実）を変容させるという行方のほうは語られていない。深い洞察を含みながらも、紙幅の大半はアリストテレスの「驚き」概念の分析に充てられ、その驚きの体験の展開に関する議論は尽くされていない。おそらくこの不足を認めた木幡さんは、思い切って仕切り直しをされた。切迫して縮んでゆく生命の地平のなかでの、大きく重い決断だったと思う。

その新企画が『求道藝術』である。求道というテーマは、主治医が示唆したそれまでの研鑽の証という以上に、木幡さんの美学者としての人生を凝縮している。それは突然湧いた構想ではなく、木幡さんの心中に温められていたものとわたしは確信する。「美意識」が西洋の美学に由来するアカデミックな概念で、学界において一定の市民権を得たものであるのに対して、

「求道」は美学の世界に馴染みのない概念だった。察するに自己検閲で「取り上げられない」ものとしていたこのテーマこそ、自身の美学をまっとうに表現できるものであったから、最後に木幡さんはこの自分の主題へと跳躍した。この著作には、当然、上記の残りの一点、《美学の研究にも美意識の創造性が支えとなる》というモチーフもまた、通奏低音として響いている。美学研究によって成熟した木幡さんの美意識が、その成熟そのものの自覚を求めた。『美意識論』は『求道藝術』の序論として読むべきものだ。

その『求道藝術』は、大冊ではないが、貼り箱に収められている。しかも書籍本体は布装だ。編集者の敢えて言えば愛情を感じさせる書籍になっている（普通、著者がこのような装幀を望んでも、出版社はとりあってくれない）。今回この本を開いたのは、実に三五年ぶりのことだ。開くと、瑞枝夫人の楷書体によってわたしの名前の書かれた謹呈の短冊と、わたしの書いた二枚のメモが出て来た。右に記したように、刊行された折、『春秋』誌に紹介文を寄稿するよう依頼されていたので、読みつつしたためたメモである。このときに書いた記事（同誌No.270）も（気はすすまなかったが）読んでみた。いまも同じことを言う、と思うところもあるが、理解が行き届いていないところが多い。恥ずかしいが仕方ない。三五年を経て理解の落差が生まれるのは当然だ。時とともに色あせる作品もある、あるいはそれが多い、ということは重い事実である。『求道藝術』がより豊かになってわたしの前に現れたことは、この著書の充実度と豊かさを示すものである。この間のわたしの理解の落差はまた、木幡さんの美学をよりよく理解するためにわたしの必要とした時熟の反映でもある。その肖像を描くために木幡さんの美学と対座して、近年のわたしの問題意識（「みなぎるもの」、自動詞性、美のエロス性、美の不意打ちなど）と重なるところの多いことに、いま驚いている。木幡さんが示してくださったあの親近感は、これを既に感じ取っておられたがゆえのものだったのかもしれない。

その内容だが、メモは時を経てそれだけ読んでも殆ど意味をなさない。この本自体を再読して、かつてメモに取らなかったことで今重要と思うことも多い。それらを書き込むと、わたしのメモはいよいよ錯雑としてわけのわからないものになったが、いまのところは解読できるし、多彩で豊かな思想を伝えてくれている。ただ、それを展開することが肖像になるわけではあるまい。木幡順三がどういうひとであったかと言えば、その優しさを底辺として、なにより美学者であり、研究対象である美や藝術の現象のなかに自身の人生を読み取るという点で、ほとんど類を見ない美学者だった。その自覚を綴ったのが『求道藝術』である。だから、そこに焦点を絞り、いくつかの思想モチーフを紹介しよう。

巻頭のことば、「宗教は藝術にとってアルファにしてオメガ、始源にして終極である」。この確然とした強い断言は、少なからぬ読者を逃がすかもしれない。宗教が藝術の「始源」であることは、歴史的事実として誰もが承知している。しかしそれが「終極」でもあるということは、近代的な藝術観を逆なでする。美や藝術の自律性という近代思想は、藝術がとりわけ宗教の桎梏から自由であることを宣言するものだったからである（木幡さんは自律性という理念の支持者でもあったが、何故かという議論には立ち入らないことにする）。巻頭の断言において木幡さんは、独自の意味でこのアルファとオメガを考えていた。とくにアルファに相当するものとしては、『美意識論』における「驚異的なもの」が「ヌーメン的なもの」に替わった。R・オットー（『聖なるもの』、岩波文庫）から援用した「ヌーメン的なもの」とは、まずは自然現象のなかに体験される聖性であり、多くの場合は恐ろしいものだが、魅惑的な秘義として現れてくることもある。藝術はこれを永遠化しようとする。そこで木幡さんは造像活動や、写経における荘厳に注目し、これらを最初に論じている。「ヌーメン的なものの永遠化」とは、藝術表現としてヌーメン的なもの（いわく言い難い恐ろしい、あるいは魅力的な何か）を実現することであり、藝術の一般的な特性として考えているのであるから、これらの宗教藝術だけのこととして済ますことはできない。藝術の卓越性は、作品がある霊的な力を具現することをその証とする、ということであろう。この意味において藝術のオメガも宗教だ、と考えられていると解される。この宗教は、特定の宗派としてかたちを取るような宗教ではなく、目に見えない霊力の存在に関わる経験のことである。しかし、作品が具現した霊的なちからとは美ではないのか。むしろ美と呼ぶべきではないか。木幡さんがこれをどこまでも宗教的な概念で捉えようとしたのは、目に見えない何かに向う自己形成としての「求道」に即して物事を考えていたからである。「求道性そのものは日常生活の根底にも、藝術活動にもひとしく見出されるべき、人間存在固有の傾向である。ここでいう〈道〉は文字通りの道程であり、過程であり、それが通じる先、それが至りつく先はまさしく〈聖なるもの〉のありどころである」（一八〇頁）。当然、学問も求道となる。

　では、どのようにしてその聖なるものが作品において達成されるのか。それについての木幡さんの考えは、この道程という表象のなかに含まれている、と言ってよい。美意識論においては十分に議論のなかに組み込まれていなかった時間の契機、成熟の契機が中心に置かれている。より具体的に木幡さんはそれを「俗聖翻転現象」と呼び、これが『求道藝術』全巻を貫く基本概念になっている。その意味するところは、藝術制作という「世俗活動が媒介となって聖なるものの世界が突如眼前に展開されてくる」（八頁）ということにある。営々として藝術に打ち込んだひとに、あるとき聖なるものが訪れる。「藝術という名の技術《テクネー》は、もっぱら間断なき修練によって維持されるのであって、一旦作品の制作に成功すればもはや少しも顧視されない、というような性質のものではない」（九頁）。つまり、人生を通し、修練を積むことによって聖なるものに達する、ということである。「求道実践は勿論日々の行住坐臥とともにあり、そのかぎりで日常生活に根ざしている」（一〇頁）と言われるのも当然であろう。成果は作品に結晶するのではなく、そのひと自身の変容として実現する。だから、行いがあって作品のない「準藝術」、すなわち弓道や剣道、茶の湯などに木幡さんの関心は向う。それは技術を磨く道程だが、目指すところはその技術を忘れる境地にある。そうして「人智のかぎりを尽くして工夫した手段、あらんかぎりの修行によって体得した技術が、結局は自然の過程に呑みこまれてしまう」（一八六頁）。この技術の超克が禅で言う「悟り」である（二二二頁）。すなわち、「〈心の忘却〉こそ〈諸藝に通じる〉原理、普遍的な〈わざ〉の主体的な原理」であり、柳生の兵法書の教えは、万事が「難なくするするとゆく」の一句に結晶する。その意味は、自我が何かをする主体ではなく、「むしろ〈場〉となって事象が経過すること」にある（二四一頁）。——大分あとになって、わたしが「自動詞性」を考えるようになったとき、木幡さんのこのくだりを覚えていなかった。それは不注意ではない。わたしの身体的生理はこれを忘却した。しかし、それはいわば修行のひとこまとなり、わたしのなかでこのテーマへの時熟を促してくれる力となったのかもしれない。学問の場合、到達点はひとつの自覚であって、心の全面的な忘却というわけにはいかない。『求道藝術』も驚くほどの学知にあふれている。やはり柳生宗矩の『兵法家伝書』に依りつつ、木幡さんは「習」の「昇華（Sublimierung）」としての「位」を語っている（二三七頁）。求道による聖なるものの発見、実現である。美学を志して三十有余年、さまざまな修練を経て、『求道藝術』において木幡さんは、学者として可能なかたちで（学者に不立文字はできない）「位」をきわめた。その手応えを感じていたと思う。

『求道藝術』は著者のまえがき、あとがきを欠いている。完成原稿を編集の高梨さんに渡したあと、「著者はほっとしたような顔つきで、〈まえがき〉も〈あとがき〉も初校のさいに自分で付け加えると、私に話していた」（瑞枝夫人によるあとがき）、という。「まえがき」も「あとがき」も、なくてはいけないというものではないが、木幡さんは書きたかった。特に「あとがき」には、畢生の著書を仕上げた心境が吐露されるはずだった。完成原稿を渡したときの「ほっとした顔つき」は、人生の達成感ではなかろうか。このとき木幡さんは、自ら初校に朱を入れることができる、と思っていた。ひとは、生物であるかぎり、必ず死ぬ。しかし、いつ死ぬかは分からない。木幡さんの場合は、友人である主治医からの遠まわしの宣告を受け、また、間隔が短くなってゆく入退院の繰り返しを通して、自らの死が間近であることを分かりすぎるくらいに分かっていた。そしてその友人の勧めもあって、美学者として生きて来た証となる著作に取り組み、「証」以上の名作を完成させた。その時点でなお、初校までの猶予があるものと思っていたことは、辛い感動を誘う。その木幡さんにも死は唐突にやってきた。書かれなかった「あとがき」は、その死を無残なものと思わせる。しかし、達すべき位に達していた木幡さんは、そういうことがありうることをみとめ、達観しておられたのかもしれない。そういう思いは、やさしかったかれの笑顔の面影と重なる。

12 ── 掘越弘毅さん──先端的科学者の「いい顔」

掘越弘毅、わたしの交際範囲のなかで、この名を知っているひとがいるだろうか。いるとしてもごくわずかだろう。しかし、世間的には相当な有名人であり、世界の学界で令名の高い「極限微生物学者」である。わたしにとっては、ヒロコを介しての親戚関係にある（幸子《さちこ》夫人がヒロコの従姉、より詳しく言えば、幸子夫人の父親がヒロコの母の兄にあたる）。われわれの結婚式にも来ていただいたから、見知ってからは長い。その頃、ヒロコの母から「理研のひと」と紹介された。その義母が「リケン」の何たるかを知っていたとすれば立派だが、わたしがとっさに思ったのは「理研のわかめちゃん」というテレビコマーシャルだった。だから、わたしは掘越さんをわかめ会社のひとだと思っていた。のちに、親しく言葉を交わすようになってから、わかめのことを訊ねると、苦笑しながら、理研が利益を挙げたのはあれだけだった、と言われた（言うまでもあるまいが、理研とは「STAP細胞」事件で脚光を浴びた理化学研究所のことである）。科学は経済活動には無縁、実用性を追求するものではない、という考えが透けて見えた。しかし、後にかれの最大の功績とされるようになる「極限微生物学」について掘越さんは、「基礎科学は人類の共通語」としつつ、自らの発見（あとで詳述する）が三〇以上の新しい酵母の発見へとつながり、そのいくつかは工業化されていることを特筆している。特に身近な酵素入り洗剤は、長年にわたり、理研の唯一の特許料収入になったそうだ。研究そのものは利害を超えていても、そこで得られる科学的発見の価値は、やはりひとの生活に及ぼす影響にある、ということに相違ない。だから、ことは単純ではない。わたしのような文系の研究者にとっても、社会との関係は重要事項だ。先端的な極限微生物学者は存外身近な存在だった、と言えるところがある。

その次に法事か何かでお会いしたとき、義母はかれを「ノーベル賞の候補者」として一座に紹介した（義母はどうしてそれを知ったのだろう）。のちに、一緒に昼食をとるときに、居合わせたひとにわたしもそのように紹介したが、掘越さんは否定されなかった。だから、それは事実だ。毎年、候補者が話題になり、受賞者が発表される時期になると、穏やかならぬ気持でいらしたことだろう。かれの最後の仕事のひとつは、*Extremophiles Handbook*（極限微生物学ハンドブック）という大冊の編集・執筆で、かれはその筆頭編者だった。大手出版社の Springer から二〇一一年に刊行されたが、それはわれわれ双方の夫婦同士が最も親密に交際した時期にかかっている。会話のなかで、かれが共同編者のひとりに企画を持ち掛けた際の言葉を聞いた。「まもなく、われわれがどういう仕事をしたか、忘れられてしまうだろう。だから、それを書き残そう」。次にあげるかれ自身の著書のなかでも、この出版にふれ、「科学では、よい仕事ほど、それを考えた人が忘れ去られてしまう運命にある」と書いている。その心中の焦燥感をうかがわせるとともに、重いインパクトを残す言葉だ。

掘越さんがどういう仕事をしたのか、すなわち極限微生物学とは何かということを、わたしは分かっているわけではない。それでも、かれがどのような生き方をして、この分野の開発者となったか、ということは、それなりに理解している。今しがたすでに言及したが、掘越さんには『極限微生物学と技術革新』という一般書があり（白日社、二〇一二年）、一本を頂いた。そこに挟まれた短冊には「学部学生向き」のもの、とある。科学指南の意味があるのだろうが、実質は自叙伝と見るのが分かりやすい。思うに、著作意図は上記のハンドブックと同じで、想定される読者が専門家ではなく一般人、というところが違うだけだ。「プロローグ」の一ページ目からセレンディピティが持ち出される。二〇〇六年に学士院賞を受賞したことを引き合いに、自身の仕事の核心を、「強アルカリ性培地に生える微生物が普通の土のなかにも広く分布していることを世界に先駆けて発見し、そこから洗剤用酵素を生み出すなど、独創性の高い研究を進めてきたことが評価され」た、と要約し、その発見がセレンディピティであることを語っている。一般にはさほど馴染みがないかもしれないこのカタカナ語は〈偶然に、もともと探していたものではないが価値のある何かを、発見すること、或いはその能力〉を意味する。この最初のページで掘越さんは、簡単な説明とともに、この語を最初に聞いたのが、一九五六年のことだったと思うと書いている。この語が広く流布するようになるずっと前のことだ（この件は本文に出てこないし、この記述は巻末の年譜とも符合しないが、そのことはいま問題ではない）。

掘越さんがその将来を拓いた最初の業績も、セレンディピティだ。「成り行きまかせ」で大学の専攻を決め、教授から与えられたコウジカビの研究をいやいやおこなっていたなかで、偶然、カビを殺す細菌《バクテリア》を発見する。当時は全く知られていなかった事実の発見だ。その次第は、フレミングがペニシリンを発見したストーリーとそっくりだが、カビと細菌の関係が逆という以上の違いは、わたしには分からない。その成果を書いた『ネイチャー』への投稿論文は、世界的な注目を集め、フルブライトの奨学金を得て、アメリカに留学することになった。東京大学大学院の修士課程に在籍していたときのことだ。

こういうことは文系の学問では、まず起こらない。というよりおそらくあり得ない。だが、なぜあり得ないのかを突き詰めることは容易ではない。藝術の場合なら、早熟の天才というものがある（もちろん、例えばモーツァルト）。同じく数学にもその現象は顕著であるらしい。藤井聡太を始めとする棋士の世界にも天才と見なされる年少者が続出している。棋士の仕事は、理詰めである点で、数学に似ているのかもしれない。これらの天才たちに共通しているのは、同じ分野の大人たちを打ち負かしていることで、この分かりやすい事実がセンセーションを呼ぶ。しかし、このことは、かれらの仕事の性質や、達成すべき目標が既定のものであることをも意味している。逆に言えば、そのような分野においてこそ、早熟の天才という現象が見られるのではなかろうか。厳密には、かれらは早熟なのではなく、早咲きと言うべきであろう。仕事の意味を明らかにしたり、価値の判断を下したりするには成熟が必要だが、その煩いのないところで、年少の天才が開花する。文系の学問には、この成熟が求められるように思う。――この素描はあまりに粗書きだが、創造論は、今から数えて三つ目にわたしの取り組むべき主題で、いまのところはこの程度の見通しで大目に見ていただこう。ただ、かれらが何ゆえの「天才」であるのかについては、一言しておく必要があろう。そこにセレンディピティが関係する。セレンディピティとは、偶然の発見を必然の、言い換えれば意味（あるいは価値）のあるものとして捉える直観力であり、この直観力もしくは判断力が天才である。カビを殺す細菌がある、という「非」常識な命題を可能なものと認め、「再現実験」によってそれをひとつの発見に仕上げた、修士課程の学生掘越弘毅にも、それがあった。

この異例の成功によってアメリカ留学の機会をつかみ取り、研究の先端的環境のなかで知見を広めていった掘越さんの研究人生は、順風満帆だった（一九五八年、外貨の持ち出し制限が厳しく、私費留学など考えられなかった時代である）。二年して帰国、数年後、幸子さんと結婚された（この本には、何と、若き幸子さんの一ページ大の写真が掲載されている。ヒロコに劣らぬ美人だ）。そして、幸子さんの提案を受けて、今度は学会賞で得た賞金によって、再度アメリカに留学した。その留学先のドイ教授から、「コーキ、お前は日本にいる時は日本的なのに、なぜアメリカに来るとアメリカ人的発想に切り変わるのか」と訊かれたという話が出てくる。これについて掘越さんは、「文化の違い」を認め、考えを言い表すときの「表現の順番」の違いとして、それを捉えている。最初の留学で学んだこととしても、日本人の「隣百姓」精神（農民が、隣のひとのやっていることを見て、それに倣おうとすること）に対して、欧米人の独創性への意識の強さを指摘している。つまり、当たり前のようだが、留学によって、東西の文化的差異の意識が、掘越さんのこころに刷り込まれたわけである。のちにかれは、「文化や考え方の多様性は、科学の進歩を促す」と言っている。

麹が日本特有のローカルな素材に過ぎないことを指摘されたのが、この二度目のアメリカ行きを促したものだが、そこで新しいテーマと取り組んで一定の成果を上げたものの、その先に進むための次のテーマが見つからない。掘越さんはスランプに陥った。最初のセレンディピティの効力は尽きようとしていた。そこでかれは、何かを求めてヨーロッパへ「放浪旅行」に出かけた。そして、大好きなティツィアーノのフィレンツェで、二度目のセレンディピティを得る。その「発見」がモノの現象ではなく、思想的な思いから始まったところがユニークだ。そこの丘の上から（ピッティ宮の裏山らしい）、夕闇の落ちかかるこのルネッサンスの街を見やっていた。その盛期が日本では室町時代にあたり、両者の文明が全く異質であることを思った。そのときかれの脳裏に、閃きが走った。

人の世界にはこのような環境に強く支配された異なる文明があるのだから、微生物の世界にも、きっとわれわれがまったく知らない世界、知られていない世界があるのではないか。文明のことを英語でカルチャー（culture）という。このときの私の心に浮んだのは東西文明の違いであり、まさしくこの言葉なのであった。実は、微生物学の世界でカルチャーといえば、それは、培養とか培養器を意味するのである。

ルイ・パスツールはブイヨンを、ロベルト・コッホはジャガイモを、それぞれ微生物の餌つまりカルチャーとして使い、微生物学を確立していた。これまでの膨大な微生物の研究も、実はすべて、培養条件に縛られたものにすぎないことに、このときはっきりと気がついたのだった。既存の微生物学とは何なのか、それはカルチャーに縛られた世界である、と喝破することができた。

この洞見は、培養条件《カルチャー》を変えれば別の微生物の世界が見えるのではないか、という構想に直結した。というより、その洞見とこの構想はひとつのものだったろう。その構想は、それまで誰も考えなかったアルカリ性の環境のなかに微生物を捜す、というプランへと具体化された（これも実は最初の直観に含まれていたのかもしれない）。直ちに帰国した掘越さんは、理研の庭の土を材料として、好アルカリ性の微生物の存在を、世界で初めて捉えることに成功した。

この閃きの素地として、上記のアメリカでの異文化性の経験とその認識があったことは、明らかだ。このセレンディピティにおいて、フィレンツェの景観と微生物の新世界とを結んだのは「カルチャー」という単語だが、この語は「文明」と「培養条件」のほかに、もうひとつの重要な含意を以て機能していた。それは、生存の環境として誰もが慣れ親しみ、当たり前だと思っている常識のことである。この「カルチャー」との関連で言えば、セレンディピティとは、濃密な常識の atmosphere に風穴を開ける閃きである。

あるとき、思いがけず、掘越さんから電話があり、わたしの授業を聴講したい、と言ってこられた。理由を言われたのかもしれないが覚えていない。或いは、問うのは野暮と思ってお訊ねしなかったのかもしれない。慶應の大学院で行っていた講義にお誘いした（異例のことに相違ないが、美学の教授だった大石昌史君の配慮で、七〇歳まで非常勤で講義を担当させてもらってい た)。これは『美学辞典』を増補するために、新たな概念を取り上げて話すことを課題とするものだった。数年間、三回に二回くらいは出席され、ノートをとってらした。講義の後、昼食を共にしたが、そこで科学の話をうかがうのがわたしの愉しみだった。この授業には、ときどき東大の後輩が現れることもあり、昼食にはかれらを誘った。「ノーベル賞候補者だ」と紹介したというのは、このときのことである。このよもやま話のなかで、掘越さんは、「授業を聴いて帰った日は、家内に〈とてもいい顔をしてるわね〉と言われる」ということを、二三度おっしゃった。何故、美学の講義にこころを鎮静する効果があるのかは、分からないまま、何らかの意義をみとめて、謝意を伝えられたものとして、有難くうかがった。

この講義を休んだ年がある。半年の海外研修の機会をもらった年のことで、最初の三か月をロンドンで過ごした。市内にセカンドハウスをお持ちの掘越夫妻は、そこにやって来て半月ほど滞在された。その間、三回、夫婦同士でお会いし、歓談した。一度目はお宅に招いて頂いた。ロンドンの地下鉄はチューブと呼ばれるが、その「筒」が終わって線路が地上に出たあたりの駅を降り、歩いて数分というところだった。掘越さんご自身が駅まで迎えに来てくださった。雨のあがった晩秋の夕暮れ時で、街燈に照らされた街路樹の紅葉が、いまも鮮やかに目に浮かぶ(残念なのは、日本では見かけないその木の名が分からないことだ)。いかにも高級住宅街だ。お宅は、ロンドンの個人住宅としては普通の、連棟式の二階建てのなかにあり（ヒロコが「かわいい絵本のような建物」と形容した）、入口の扉を開けてなかに入ると、二階に上がる階段があり、掘越家はその一階を占めていた。日本風に言えばワンルームで、思ったより狭い空間だった。狭くとも調度はヴィクトリア朝様式で統一し、バスルームの改修には半年をかけたそうで、しゃれた空間だ。この日、幸子さんは、まるで外国人をもてなすような本格的な日本料理を用意してくださった。とりわけ、コースの食器をすべて日本から運んでらしたというのには、驚きとともにお心遣いのほどを感じずにはいられなかった。このときの会話のなかから窺われたところでは、少なくとも弘毅さんは、かなり頻繁に行き来しておいでで、ほとんどロンドン市民だった。市民に配布される地下鉄とバスの無料乗車券を、区役所でもらってきた、というほどだ。そのことを含めて、あれこれ話がはずみ、何と二時から九時までお邪魔してしまった。帰りには、お二人して駅まで見送ってくださった。

われわれはウィークリー・マンションの一室に滞在していた。二度目は掘越さんご夫妻をそこにお招きして、できる範囲のおもてなしをした。このときは、クリスマス・プディングというイギリスのクリスマス・ケーキをお土産に頂いた。さらに、名残惜しくて、三回目の約束をして、市内の飲茶の店に行き、そのあと、ハーゲンダッツのティールームで歓談した。ヒロコも、幸子さんとこんなに打ち解けておしゃべりをするのは初めてで、すっかりもり上がった。

余談だが、幸子さんのちょっと鼻にかかった声、そしてその話し方が兼高かおる似であることに、今になって思い至った。幸子さんの父君（つまりヒロコの伯父上）は、かつて、あの掘越さんのおとぎの家とは線路を挟んで反対側のあたりに住んでらしたということだし（商社マンだった）、弘毅さんはケント公からゴールドメダルを授与され、カンタベリーのケント大学から名誉博士の称号を受けるなど、特別な絆があった。おふたりは土地に完全になじんでいた。幸子さんが、大学教授だとここは住みやすいでしょう、と言って披露してくれた話がある。おふたりがどこかのレストランで席を求めると、しばらく待て、と言われた。ウェイティング・リストに名前を記載するとき、「プロフェッサー・ホリコシだ」と名乗ると、ボーイさんの態度が変わり、直ぐに席を用意してくれた、ということだ。それだけ、大学教授は社会的エリートなのだろう。日本とは大違いだ。もちろんわたしには、そんな名のり方をする度胸はなかったが。

このときのヒロコの日記がある。この三回目の歓談のおりの様子を、ヒロコは次のように書いている。

またいろいろお話し、家のこととか、お互いに話す。外国に居ることで、こせこせしなくなるんだろう。健一はそのことを、胸襟を開くとはこういうことかとわかった、という。なるほど、こちらが話したから、あちらも話すということで、段々込み入ったことも話すようになることをそう言うのかも。

健一の講義を聞いたことで、顔つきが違ったほど感激していただいたことなど、率直におっしゃるところも面白い。学者同士相通じるところもあるようだし。来年度も講義に出たいとか。こんなことでもないと、東京ではなかなか。それにしても、掘越さんは健一に会うためにわざわざロンドンまでいらしたのじゃないかしら。(^_^)

われわれと会うことを念頭において旅行を計画されたのではないかとは、わたしも思ったところだ。あの本格的な手作りの日本料理、長時間にわたる三回の歓談など、そう思うべき理由はあった。もうひとつ付け加えよう。われわれの部屋に来てくださったとき、(クリスマス・プディングのほかに)弘毅さんは、日本から持ってきたあんぱんをプレゼントして下さった。幸子さんは笑いながら、「賞味期限も切れているのだからやめなさいと言ったのに」とおっしゃっていたが、わたしはもちろん、ありがたく頂いた。弘毅さんはこの好物を大事にとっておかれたが、帰国が近づいたということで、おすそ分けくださったものだ。これをふくめて、おふたりの見せて下さった格別の親密なご厚意は、確かに受け止めていた。しかし、われわれのためにわざわざロンドンに来てくださったと確信するほどのうぬぼれはない。

掘越さんが謝意を表したいと思っていらしたとすれば、それは授業の聴講のことしかない。この日もまた、上記のように、授業の日の「いい顔」のことを話してくださった。実は、ヒロコの日記を読むまで、この日のこの話題のことは忘れていた。すでに聞いていた話をヒロコに向って話されただけのこととして、また、そのこと自体は社交辞令に類するものとして受けとめていたためだろう。しかしいま、このようにして、この間の交際の次第を書き出してみると、その言葉は額面通りに受け取るべきものではないか、と思われてくる。あるいは、わたしの生半可な反応に対して、暖簾に腕押しの苛立ちを感じていらしたのかもしれない。美学の世界に触れたあと、掘越さんは、幸子さんがそうと認めるほどに「いい顔」になった。そして、そこに映し出された心境を、かれは貴重なものと考えていた。では、それは何故なのだろう。そもそもかれは何故、縁者に美学者がいるからその講義を聴いてみようと思い立ったのだろうか。

科学者にとって人文知はひとつの異文化《カルチャー》に相違ない。掘越さんは次のセレンディピティを捜してらしたのだろうか。しかし、この頃掘越さんは、ひとつの新分野を拓いた大家であり、大きな船を任されて深海の海底の微生物の探索をする国家的プロジェクト（JAMSTEC）のリーダーで、内幸町のビルのなかに研究事務所を構えるほどだった。研究に行き詰っていたわけではない。人文学への関心はおそらく、かれの人生観に関わっている。絵画がお好きなことは右にも触れた。ロンドンでも、展覧会の情報を差し上げると喜ばれた。友人の科学者とアートについて話したことを、歓談のなかでも語られた。ただ、残念ながら当時、わたしの方にこのような問題意識でその話題を受け止める用意がなかったので、突っ込んだ話を伺わなかった。それでも、藝術や人文知に関するかれの考えの根底は、その著書のなかに語られている。

——高校生のころまで、掘越さんはラジオ少年だった。戦災で焼け出され、父の実家のある埼玉県の羽生に疎開した。そこで通った高校の一年先輩に、現役で東大に合格したひとがいた。「そのとき初めて、羽生のような田舎からでも東大に入れるのだとわかった」と書いている（脱線するが、教育環境が違うので、「田舎」から東大に入るひとは本当の秀才だと、思う。また、羽生やかれの高校のあった加須は、久喜の隣町だ。かつて留学から帰った直後、久喜の団地に住んだことのあるわたしは、この地縁によって、一層掘越さんに親近感を覚えたものだった）。疎開組の秀才たちがみな現役で東大に入学してゆくなかで、掘越さんは独り浪人の身となった。一念発起したかれは、先陣を切った一年上の先輩のところへ勉強のしかたを訊きにいった。そのひとが掘越さんにアドヴァイスしたのが、受験対策のようなものではないことには驚く。そのようなアドヴァイスをしたひとも、それを正面から受け止めたひともすごい。その先輩の導きを得て、掘越さんはクラシックのレコードを聴くようになり、また、貸してくれた本を読んだ。そのなかに寺田寅彦全集があり、読んで引き込まれ、「やがて憧れに替わった」という（かれが自著を

「学部学生向き」と形容したのは、このときの経験が念頭にあってのことだったかもしれない）。『科学者とあたま』の一節が引用してある。「頭のいい、ことに年少気鋭の科学者が、科学者としては立派な科学者でも、時として陥る一つの錯覚がある。それは、科学が人間の知恵のすべてであるもののように考えることである。科学は孔子のいわゆる〈格物〉の学であって〈致知〉の一部に過ぎない。しかるに現在の科学の国土はまだウパニシャドや老子やソクラテスの世界との通路を一筋でももっていない。芭蕉や広重の世界にも手を出す手がかりをもっていない」。

この言葉を誤解したと掘越さんは書いているが、老境に入り、自著にそっくり引用するくらいの、座右の銘だったと見える。かれのこの著書の中に、書物からの長い引用はこれしかない。さらに続けて、次のように言っている。「私の場合、浪人しなければ、リベラルアーツも知らないいわゆる無感性の理科的考え方だけの人間になっていたと思っている。英語、国語、歴史などにも目を向けるようになった。これらがなかったら、後にアメリカでフーベルトにあったとき彼の言うことが理解できなかったろうと思う。また妻・濱田幸子と会ったときもリベラルアーツという共通言語がなくて結婚出来なかったのでは、とも思う」。この最後の一行には、幸子さんへの弘毅さんの深い敬愛の情が映し出されている。ここでかれの言う「リベラルアーツ」とは特に人文学のことだ。また、「フーベルト」とは、「終生の友」となったドイツ人フーベルト・ゴチュリンクという、微生物学者から後に画家に転身したひとのことである。「科学者はリベラルアーツを勉強しなければ一人前にはなれない」というのがそのひとの持論だった。かれとの出会いは、「理系と文系を分けていた自分の考えが大きく変わるきっかけ」となり、美術館巡りをするようになった、と言う。フィレンツェでのあの閃きを可能にしたのが「異文化」についての思考だったことを振り返ってみると、その思想は「リベラルアーツ」的なものだったことが分かる。掘越さんはこの点を語っておられないが、このように考えれば「リベラルアーツ」は科学者のセレンディピティの風土をなしていた、と言うことができる。文系の学問に対するこのような世界観の実践として、かれはわたしの講義に参加し、その世界観の結晶としての「いい顔」に到達した。

科学は藝術のようなものであって、ロマンと直感の世界であります。

これが、科学者掘越弘毅の人生を総括する言葉だ。無用かもしれない注釈を敢えて加えるなら、「ロマン」とは行き先が決まっていない世界のことだ（JAMSTECの創立時を回顧して、かれは工学的な学問と「基礎科学」の違いを語り、基礎科学は始めから目的が決まっているものではない、ということを力説している）。「直感」についてはもはや多言を要すまい。セレンディピティとして紹介してきたことである。掘越さんの「いい顔」は、藝術の域に達した科学者のもののだった。こうしてかれの肖像を書くことによってはじめて、わたしもまた、そのことの認識にたどり着くことができた。

＊

授業でお会いしなくなった後は、幸子さんのペン画の個展に伺ったのがお会いした唯一の機会になった（何故、ロンドンのときのように行き来しなかったのだろう。それが悔やまれる）。新聞で訃報に接し、ヒロコが電話した。電話口にはご子息の敏明さんが出られた。かれはわれわれのつきあいをご存じなかった。葬儀は学界や政界のひとが大勢いらっしゃるようなものなので、おいでにならない方がよい、と言われた。たしかに、伺ってもお別れにはならなかったろう。盛大な葬儀だったに相違ない。ひつぎのなかの弘毅さんは、ひめごとのように「いい顔」をしてらしたはずだ。そのことを知るひとが、参列者のなかに、はたしてどれだけいただろうか。

13 竹田篤司さん——伝記の理由

竹田さんには、一度しかお目にかかったことがない。それも、お目にかかったとも言えないほんの一刻のことだった。一九七五年の春だったと思う。日仏哲学会が創立され、デカルトを主題として、その最初のシンポジウムが開かれたときのことだ。

前年の一〇月、たった一年で終わったフランス留学から帰り、わたしは埼玉大学教養学部に職を得た。この採用について尽力してくださったおひとりが、デカルト研究で知られた伊藤勝彦さんだった（『デカルトの人間像』、勁草書房）。当時、わたしの業績の主たるものはデカルト研究だったから、そのわたしを支援してくださったのは、伊藤さんの大らかな人柄によるものである。その伊藤さんから中村雄二郎さんを紹介された。中村さんは日仏哲学会を立ち上げるために奔走してらして、発会の記念シンポジウムの主題をデカルトと定め、新しい研究成果を探しておられた。わたしには、留学中に活字になった『情念論』に関する長篇の論文があった。この著作のテクストがどういう順序で形成されたかを主題とするもので、テーマそのものは新しかった。今ではその未熟さ、議論の乱暴さを思い、それに怯えて再読する気になれないが、新しい研究動向として、中村さんの求めてらしたものと一致したらしい。シンポジウムのスピーカーに抜擢してくださった。

シンポジウムの席上わたしが話したのはこの論文の概略だが、人びと、特に他のスピーカーたちから集中砲火を浴びた。読んでいないので疑問な点を確かめる、というようなものではなかった。きっと、生意気なはったりとの印象を持たれたのだと思う。討論が終わったあとのコーヒー・ブレーク、あるいは簡単な懇親会のときだった、竹田さんが声をかけてくださった。竹田さんは、既に『デカルトの青春——思想と実生活』（一九六五年、勁草書房）によって学界に知られたデカルト研究の先達だった。わたしはこの本を読んではいなかったが、お名前は存じ上げていた。そのとき何を話したか覚えていないが、このような先輩の方から名乗ってくださったことに恐縮しつつ、知遇を得たことを喜んだ。

シンポジウムでのわたしの報告を竹田さんがどう思われたかは、分からない。それは分からないものの、その後三〇年にわたってご厚誼を頂いた。お会いすることはなかったが、年賀状のやりとりと、互いの著作の交換が続いた。わたしは、デカルト研究から主題を他に移したので、何をお送りしたかは記憶が定かでない。竹田さんからは、フランス思想に関する殆どすべてのご著書や訳書を頂いたと思う。

そのなかでも、『デカルトさんとパスカル君』（内容は面白い）や『怪傑デカルト』の翻訳スタイルには、遊びが過ぎるような感じも覚えた。それは『デカルトの青春』のタイトルにもかすかに感じていたものだった。そのせいで、所雄章《たけふみ》さん（デカルト研究の泰斗で、右のシンポジウムの共同司会者だった）などは毛嫌いしておられた。所さんがやり玉に挙げたのは書簡の訳だが（白水社の『デカルト著作集』第三巻に収録されたデカルト最晩年の重要な書簡のすべてを、竹田さんが訳している）、一例を挙げれば、次のような文体である。「じつはいま、びくびくしているると申してよいくらいなのですが、王女さま〔エリザベト〕は私が、ここでまじめにお話しもうしあげているのではないとのお考えになるのではありますまいか」。フランス語でも相手によって文体を変える。敬語表現があることは間違いない。しかしわたしは、その文体の違いから間柄の違いを読み取ること、より正確に言えば感じ取ることができない。だからこの訳文が原文に対して適切なスタイルかどうかを云々する資格はない。だが日本語として読んだとき、哲学者が王女に向ってこんな口を利くのか、という違和感を覚えないではないし、謹厳な研究者が眉をしかめるのも分かる。しかし、このくだけた口語体には理由がある。

竹田さんのお仕事のなかで、わたしが無条件の称賛を捧げたのは、『物語京都学派――知識人たちの友情と葛藤』（中公叢書、二〇〇一年）である。哲学の分野で京都学派と呼ばれるのは、西田幾多郎に始まり、研究よりも思索というスタンスで哲学に臨んだ人びとの学統で、ほぼ終戦とともに終わる（研究への転回を遂げて以降の京都大学哲学科を「京都学派」に含めるのは、意味がない）。竹田さん自身があとがきに記されているように、ここでは学説は殆ど取り上げられていないが、哲学者たちの哲学に取り組む生きざまが濃密に語られている。著者の自負するところ、この著作は厳密な資料に基づいて書かれており、作り話ではない。それでもヒストリーではなくストーリー（物語）を自称するのは、資料の選択や構成が著者の恣意によるからだ、と説明しておられる。そのように言えば、研究書もストーリーだし、ヒストリーはすべからくストーリーということになろう。歴史とは物語りだというのは、事実、昨今の物語論の中核的な主張だが、わたしがそれを学んだのは本書の刊行より大分あとのことで、竹田さんの著作も、この思潮に先んじている。また、竹田さんのこのスタンスには、読み物として面白いはずだ、という文学的自負も、透けて見える。文章も格調が高く、かついきいきしている。デカルトの書簡の訳文を嫌う人も、これは認めざるをえないだろう。誰が読んでも圧巻は、隠棲後の田辺元と野上弥生子の軽井沢における交流に捧げられた部分である（本書の公刊のすぐあと、竹田さんは二人の往復書簡を編纂された）。ほかにも多くの哲学者が取り上げられている。だから話題はさまざまだが、全体の基調は一貫している。その内容に立ち入る必要はあるまい。この名作が文庫化されて、永続的に読者を得られるようになったことは、嬉しい。

『物語京都学派』は竹田さんの哲学に対するスタンスが最適の素材を得て結晶した傑作である。そこで、この小文をつづるにあたり、そのスタンスの源流に遡るべく、初めて、かれの処女作『デカルトの青春』をひもといてみた。何と言っても、そのタイトルは、ひそかに、わたしを魅了し続けていたものだ。竹田さんの研究人生のこの出発点と、到達点である『物語京都学派』は、竹田さんの恩師である下村寅太郎を介してつながっている。『物語京都学派』のあとがきによれば、その「素材」の重要部分は下村の遺品のなかにあった。竹田さんは下村が恩師だったという機縁から、その遺品整理にあたり、そのなかで、「膨大な」未公開の資料に出会った。原稿、ノート、手記、日記に加えて大量の書簡（誰から誰へのものかという詳細は、竹田さんの簡潔な記述からはよく分からない）が含まれていた。下村は京都学派の若い世代に属し、長寿をまっとうして京都学派最後の生き残りと呼ばれたこともある。下村自身の筆になるものだけでなく、周囲の人びとの手紙なども何等かの経緯があってその手元に残されたものらしい。これらが『物語京都学派』の原資となった。意図されたものではないにせよ、この著作は下村から愛弟子への贈りものと言えないこともない。それに応えて、竹田さんも「下村を〈証人〉兼〈進行役〉」（同書「あとがき」）とする構成によって、このドキュメンタリーを師へのオマージュとしている。事実、竹田さんの書かれたもののはしばしに、下村への思慕が記されており、真に恩師と呼ぶべき存在だったことが分かる。『デカルトの青春』を書肆に紹介し、序文を寄せたのも下村だった。その序のなかで下村は、この新進気鋭の著者が、一方で「根本的文献的研究」を準備しながら、「デカルトその人の内心に立ち入り、その内心の秘密から理解しようとする」もので、デカルト研究の新しい試み、とみとめ、「哲学科出身のフランス文学研究者たる著者にして克くかかる試みがなされ得た」と売り込んでいる（竹田さんは学部で哲学を学んだあと、大学院ではフランス文学を専攻している）。注意すべきは、このスタンスが既に下村自身のものでもあった、と見られることである。科学哲学から出発したこの哲学者は、既にルネッサンス研究を「精神史」という枠組みで展開しており、後に書かれる『スウェーデン女王クリスチナ』（中央公論社、一九七五年）などは、竹田さんのデカルト論をさらに展開したような主題設定である。

竹田さんの処女作に寄せた〈哲学と文学の融合〉という下村の評言は、そのまま『物語京都学派』に当てはまるが、『デカルトの青春』に戻ろう。始めに書いておきたいのは、竹田さんが稀なほど早熟の秀才だったことである。この処女作が上梓されたのは、竹田さんが三一歳のときだった。これは文系の研究者のキャリアとしては、非常に早いと言ってよい。また、タイトルのもとになっている「デカルトの青春」という章は、かれの卒業論文に基いている。これもそうそうあることではない、と思う。そこには当時デカルト研究の代表的な著作とされた彼我の多くの研究者、哲学者たちの名前が出て来る。わたしにとっては、知っているけれど読んでいない、というものが多い。下村が「文献的研究」を強調したのも頷ける。その「青春」だが、巻頭に「デカルトと女性」というプロローグを置いているのは思わせぶりだが、そういう意味の青春ではない。青春の章の柱は『方法叙説』で、その独特の自伝的性格（他者との交流が全く書かれていないという指摘は、慧眼である）に注目し、そこに「思想」と「生きること」との葛藤を読み取っている。この葛藤がかれの言う「青春」にほかならない。考えつつ、というより悩みつつ、生き方を模索するのが青春だ、という意味であろう。一文を引いておこう。

いったい、一流の思想家の思想とは、思想が人間であり人間が思想であるというういわば思想の人間化または肉体化に、その特色があると考えられます。〔……〕とくにモラルにおいては、思想を生活とし生活を思想とするいわば私小説的原理をつらぬいていないようでは問題になりません（六ページ）。

デビュー作の若手の言葉としては、生意気だ。しかし、竹田さん自身が、この思想を生き、その断言が軽薄なものでなかったことを証明したように思われる。この姿勢は『物語京都学派』まで一貫して揺るぎがない。

*

竹田さんがわたしにとって懐かしいわけは、実は別のところにあるのかもしれない。一枚のはがきである。二〇〇四年に東京大学を定年で退職したわたしは、日本大学文理学部哲学科に職を得た。そのことを報じた通り一遍の挨拶状を、竹田さんにもお送りした。すると、いつもの端正な文字でつづられた暖かいはがきを返してくださった。よいところに職を得たと喜んでくださり、この学部にまつわるご自身の経験を記された。文理学部は、竹田さんの本務校に近いところにキャンパスがある。その機縁があったのかもしれない、かつて非常勤講師をしておられた由。それは大学紛争のころのことで、キャンパスはロックアウトされ、教員食堂のツケも帳消しになったことを、茫々たる昔日のこととして回想しておられた。その物静かな文章が何故かこころに残った。既に宿痾の癌を知り、ご自身の人生そのものを回顧しておられたのかもしれない。竹田さんの訃報に接したのは、その一年後のことだった。

14 川野洋さん——村八分を乗り越えた飄然たる大人《たいじん》

人工知能の開発が大きく進展し、その活用がさまざまな分野で広がりつつあるいま、川野さんの仕事に関心をもつひとも増えているのではないか。少なくともわたしの場合、その意義がようやく見えてきたところだ。しかし、いま川野さんの思想に共鳴している人びとのなかでも、あの事件のことを知るひとはごくわずかだろう。客観的に見ると、川野さんの学問人生はその傷跡を留めていないように見える。しかし、ご当人にとっては釈然としないままの痛恨事だったと思う。また、川野さんが幅広く展開した美学や哲学を理解するためにも、その次第を考え合わせることが役立つかもしれない。だから、先ずはそこに焦点を置いて、この肖像を始めることにしたい。

一九六七（昭和四二）年五月、川野さんは東大出版会から『美学』という一書を公刊された。

ときに著者は四二歳、単行本としては処女作で、野心的な企てだったと思う。野心的というのはそれが教科書として書かれたものだったからである。約三〇〇ページ、前半が西洋の美学史、後半はそれにもとづく美学の体系という構成になっている。だが、ほどなく、東大の美学研究室は蜂の巣をつついたような騒ぎになった。川野さんは、学生時代に聴講した竹内敏雄先生の美学概論のノートを使って書いたので、これは剽窃だ、という嫌疑によるものだった。ただし、ご当人がそのことを「はしがき」に明記しているので、厳密に言えばすでに剽窃とは言えないだろう。では何が問題だったのか。参考にしたことは明記されているが、どの程度かは言われていない。騒ぎになったことからして、当然、引き写しのような事態が想像された。竹内先生は、年々概論の推敲を重ねてらした。それを一巻の大著（『美学総論』）として公刊されたのは、一〇年以上のちのことである。その完成に先立って、推敲過程にあるヴァージョンを公にされたことに激怒された、ということだった（或いはこれは、聞かされた話にわたしの加えた解釈だったかもしれない）。それに対する川野さんの言い分は、こういうものだった。学説は、一度公表されれば公共の財産であり、アルキメデスの原理やパスカルの法則のように、その名を挙げただけで、それとして流通する性格のものだ。——このやりとりを、わたしは直接聞いたわけではない。そのように伝えられたのだと思う。この言い分を聞いて、川野さんは変な人だと思った。美学とは異質な自然科学的な考え方のひとつとも思った。文系の著作物のつねとして、竹内先生の美学体系は個性的な一種の創作であり、公共性を理由として自由に流用することの許されるようなものではない。わたしのあたまに刷り込まれたこの最初の構図の歪みは、容易に修正されなかった。

川野さんの弁明は、火に油を注ぐ結果となった。拙宅にも書状が送られてきた。そのときわたしは修士課程の二年生で、研究者としてはものの数ではなかったから、きっと美学会の全会員に送られたのだろう。差出人は竹内先生と、『美学事典』（弘文堂刊）の川野さんを除くほとんどの著者が名を連ねていたのではなかったろうか（音楽学の野村良雄先生はそれを肯ずることを拒まれたという、うっすらした記憶もある）。文面は川野さんの剽窃を糾弾する内容だが、刺戟的な文言の幾つかが記憶に刻まれた。「川野某」という呼び方にはほとんど唾棄するかのような響きがあったし、「研究室に出入りし」とは、あたかもそれが許されざることで、盗作する目的で忍び込んだかのように、聞こえないこともなかった。そして、「『美学事典』の著作権を守るために」という一句には、竹内門下の方々の共著を主要部分とするこの著作物からの引き写しもあったのか、と思わせた。しかもそれは、その著者たちを川野さんに敵対させるような感じもして、やりすぎではないか、という不快感が若輩者のこころにも湧いた。手紙にこめられたこのような敵愾心を感じただけで、わたしなら挫けて、二度と立ち上がれないような烈しさだった。わたしは聞かされた説明を疑っていなかったが、風変わりでも科学者なりの考え方をそこに見ていたから、「事実」とこの扱いの間に行き過ぎたアンバランスを感じていた。この直後だったと思う、東大出版会は川野洋著『美学』を絶版にした。残部を裁断しての絶版だったと思う。同会の刊行目録にも記載はない。つまり、川野さんのこの著作は抹殺された。それが剽窃であるなら、当然と言える処置だった。

川野さんは、学問的には戦闘的だったが、風貌も人柄も円満な方だった。その世代としては長身ながら、姿は丸みを帯びていた。この事件のころ、頭髪はすでにやや希薄だったかもしれない。難しい顔をしておいでのところを見かけたことはない。暖かい声のゆったりした話し方には、尖ったところはまったくなかった。あの廻状が出され、禁書処分を受けたあとも、悪びれることはなかった。やがて研究室にもおいでになったし、『美学事典』の共著者の方々も以前と同じように接しておられたのではなかろうか。すこし経つと、竹内先生ともわだかまりのない会話をされるようになっていた。これは川野さんのたぐいまれな人徳だ。心中に葛藤があったに相違ないが、それを見せないことによって、あの事件そのものを、今度は川野さんが抹殺した。ただ、既に余人とは異なる研究の方向性を取っておられたこともあり、その後の研究活動は、いよいよグループとは離れたかたちになっていったように見える。また、それがご本人の学問の地平を大きく広げるのに寄与したとも言える。

そのような身の置き方をしておられた川野さんと、わたしは特に親しかったわけではない。

それでも、東大に赴任したてのころだった、川野さんから電話がかかってきて、おしゃべりしませんか、と誘われた。当時、東大の本郷キャンパスの片隅にあった学士会館分館で、夕食をご馳走になった。食事をしながら訥々と話されたのは主として昔話だった。覚えていることはひとつしかない。東大の美学研究室で助手をされていたとき（つまり、「川野某」は竹内先生の愛弟子だったわけだ）、結核にかかって東大病院に入院されたということだ。何本かの肋骨を切除する手術（胸郭成形術というらしい）を受けられた。退院のとき、担当の教授から、「外出から帰ったら、かならずうがいをし、普通の石鹸でよいから手を、指の股までよく洗いなさい」と言われた。これを話されたのは、この教えをずっと実践してらしたからだ。怠け者のわたしなどからみると驚くべき根気強さ、勤勉さだ。終生続けられたに相違ない。また、この単純な処方が、いま、新型コロナ・ヴィールスの流行への対処法として強く勧められていることにも驚く。素朴な療法がすなわち基本的療法ということだろう。退院後、川野さんは故郷の鹿児島に帰り、療養された。

あの事件についてお話ししたことが一度あった、そんなうっすらした記憶がある。それはこの学士会館でのことだったのかもしれない。記憶が薄れているのは、それが既に落着したことと考えていたからだろう。川野さんがどのように切り出されたのかは覚えがない。覚えているのは、わたしが「あれはだめですよ」と返したこと、川野さんがいつもの口調で「そおーぉ」

と受けられたことだ。「あれ」とはアルキメデスの原理云々のことで、わたしが「だめ」としていたのは、そのような自然法則と竹内美学のような個性的な創造物は同列に論じられない、という意味だった。しかし、ふたりは何が「だめ」なのかという点について、同じことを考えていたのだろうか。

昔話の折にお訊ねしなかったのが悔やまれるが、コンピューターへの関心を高め、研究の軸足を紙から電子に移されたきっかけは何だったのだろう。いずれにせよ、それは故郷から再度上京された頃のことだ。あの事件のときには既にこの「転回」を経てらした。いくつかの事実を考え合わせると、『美学』が刊行されるほんの少し前のことと思われるが、たまたま居合わせた研究室の助手室で、「短歌の分析と生成」という論文の抜き刷りを頂いた。コンピューターで作った短歌に関するリポートだった。わたしにはちんぷんかんぷんで、それがわたしの川野さんに関する最初の印象だった。意味不明な記号の羅列（コンピューターのコマンドらしい）のなかで、アウトプットされた短歌だけが読むことのできるものだった。なかには、機械が作ったにしては感心するようなものもあったが（「潮流は釣り場を保ちとうとうと東国後にむかいて走る」）、ひとの手が加わっていることに、当然の限界を思った。いま、これを読み返してみて、理解できる部分は増えたものの、特にこの「限界」について、なお著者に質問したいところがある。

その頃のコンピューターは真空管によるもので、いまのパソコン並みの性能を求めると、巨大な部屋いっぱいの回路構成が必要だったたし、記憶媒体も厚紙に穴を開けたパンチカードが使われていた。その時点でコンピューターの可能性に着目するには、それなりの原理的確信があってのことだったろう。日本の美学界のなかで、この分野の発展の可能性を見抜いていたひとは、川野さんを除いて、たぶんひとりもいなかった。この冒険的な企ては、ついには大きな成功を勝ち得た。常勤職としては、開学時より東京都立航空工業短期大学に参加され（あの事件のときは助教授だった）、定年まで勤めあげられた（この組織は改組を繰り返し、川野さんが定年で退職されたときは東京都立科学技術大学となっていた）。そのあと、長野大学、東北藝術工科大学に教授として招聘されたのは、コンピューターの専門的能力を見込まれてのことだったろう。その川野さんが、終生、原稿は手書きだった。「MS-DOSはいいです。しかしウィンドーズはねぇ」とおっしゃっていた。コンピューターとは、プログラムを組み、一段々々コマンドを打ち込んで動かすものであって、アイコンをクリックすれば作動するようなものは玩具だ、という誇りが窺われた。さらにうがって見れば、ツリー状にコマンドを書き込んでゆくプロセスのなかに、精神のはたらきの構造を見てらしたのかもしれない。相当な速筆だったのだろう（速筆は速読を前提としている）、残された論考は膨大な数にのぼり、主題も多岐にわたる。美学では藝術哲学はもとより、原義的な意味でのデザイン論が目につくが、音楽享受を論じたものもあり、「民俗藝術」はゼロから生まれて来るべき仕切り直しの藝術を指す用語として使われ、いまの藝術状況に向かい合ってらした。加えて、各種のコンピューター・アートの制作、自然言語の分析、コンピューター言語の解説、更には海中ロボットの作動制御に関するものなど、目の回るような多彩さだ。

東北藝術工科大学を退職されたあと、川野さんは日本大学文理学部哲学科で、大学院の非常勤講師をしておられた。哲学科が新たに美学コースを設けることになり、そこにわたしは呼んで頂いたのだが、その意向を託され伝えてくださったのは川野さんだった。わたしが着任して二年目、川野さんはこの非常勤職でも八〇歳の定年を迎えられた。長い教師人生の最後の授業の日に、わたしはささやかな慰労の席を設けたいと思った。川野さんも、わたしと一時を過ごすことを望まれた。しかし、わたしのこころざしとは異なり、ことは川野ペースで進み、川野さんの馴染みの店（食堂なのか居酒屋なのか分からない、老夫婦の営んでいた店）にゆき、結局、ご馳走になってしまった。「ちょっとトイレに」と席を立たれて、その間に支払いを済まされた。ではお勘定となったとき、それを知って驚いたが、ひとつのマナーを教えられた。この歓談のとき、川野さんに老いの感じがまったくなかったことも、付言しておきたい。

まえの学士会館分館のときと同じように、この最後の晩餐の折も、よもやま話に終始したのだろう。ひとつのことしか覚えていない。それは、あの『美学』のことだった。それを読んでほしいという趣旨で、「お送りしてもい〜い」と言われた。この「い〜い？」は同意を求めるときの川野さんのいつもの柔らかな口調だ。わたしは内心、頂いても読めないな、と思ったが、お断りはできない。数日後、大きな包みでコピーが送られてきた。

心理的にも、またお仕事のうえでも、乗り越えてこられていたが、あの事件については納得がいかないまま、のどに刺さった骨としてずっと抱えてこられたことが分かる。わたしを食事に誘ってくださった二回が二回とも、この話題をもちだされたのは、その真相を分かってほしいと強く思っておられたことを示している。わたしの方は、説や思想の借用に関する考え方の違いの問題と受けとめていたので、読んでも何かが変わるとは思えなかった。そこで、自らの仕事にかまけて、手をつけないまま時が流れた。今回、肖像を書くために読むことを思い立ったのだが、これがなければ読まずに終ったと思う（おそろしいことだ）。PDFにして保存しておいたかたちで、この問題の書を読んだ。そして、その内容に初めて接し、嘆息とともに自らの短慮を恥じ、川野さんに深く詫びなければならないと思うことになった。それが手遅れであることは、痛恨の極みだ。事件の真相が分かったわけではない。ただ、わたしが聞かされ、そうだと思い込んでいたことは、まったく事実ではない。少なくとも剽窃とされるべき事実はみとめられない。

まず驚かされたのは、文体の違いである。上記の論文のような記号の羅列ではない。のちの川野さんの文章はこの自然科学論文のスタイルを基調とし、ぶっきらぼうで愛想がない。それに対して『美学』は平明で、会話に近い温かみがある。加えて、美や藝術のような基本概念については、オリジナルとまでは言わずとも、十分個性的な捉え方が見られる。では、何が剽窃の嫌疑を受けたのだろう。

頂いたコピーには「原はしがき」と「訂正はしがき」のふたつがついていた。後者が公刊されたもので、前者はおそらく校正刷りからのコピーだ。川野さんの本意は、この破棄された「原はしがき」にあり、書籍に収録された「(訂正)はしがき」は、何らかの事情で言わば書かされたものだった、ということなのか。それとも初案は誤解を招くおそれがあったので、修正の努力を払った、ということをおっしゃりたかったのか。いずれにせよ、「原はしがき」を保存しておられたという事実そのものが、何かをつよく訴えている。両ヴァージョンの主たる違いは、《竹内先生の講義を参照した》というくだりにある。長く引用するのはどうかと思うが、これはお許しいただこう。上記のように、川野さんの『美学』は、美学史と「体系」の二部構成をとり、この両者を絡み合わせる工夫をこらしている。特に「体系」の部の構成について、川野さんは次のように書いていた。「この美学の構想とその展開にあたって、わたしは東京大学に在学したころ(昭和二五—三〇年)の竹内敏雄先生——先生にはいまなお深い学恩をうけているのであるが——の美学概論の講義をよりどころとした。それは、西洋の美学の重要な思想内容が、そこできわめて客観的に、公平に摂取され体系づけられていると考えたからである。と同時に、わたしは〈新しい美学〉なるものを試みるため、師説を基本的部分として生かしながらも、わたしなりの立場からこれを作りかえようと努力し、その結果これに若干の修正をもつけくわえた。……」これが改訂版になると、モデルとしたのは、東大における大塚保治、大西克礼、竹内敏雄三代の「美学概論の構想」となり、そのうえで、次のように付言している。「とくに学生時代より現在にいたるまで、深く暖かい指導を受けてきた恩師竹内敏雄教授の東京大学における美学概論の講義は、この本の美学体系の骨子として生かされた」。おそらく問題視されたのは（しかし誰が問題視したのか）、《師説を基本的部分として生かしながらも、わたしなりの立場からこれを作りかえようと努力した》という部分である。

謙譲の表現が誤解を呼んだということはありそうだ。この問題箇所は、教科書としての正統性の保証を「師説」に求める意図と、師に対する学恩を語ったものである。しかし、字義通りに読めば、オリジナルな「師説」の流用を告白したものと受け取られるかもしれない。このことを考えつつ、たまたまわたしは、竹内先生の『美学総論』のなかの、藝術の分類と体系に関する箇所を開いた。そこにはカインツとスリオの図表が示されている（小文の読者の方々にとっては些末なことなので、それらの説明は無用であろう）。その同じ学説と図表は川野さんの『美学』にも使われている。川野さんが竹内先生の概論の講義で学んだものと見て、ほぼ間違いあるまい。加えて、これらは『美学事典』においても紹介されている。このような関係から、『美学事典』が「被害者」として挙げられたものではなかろうか（ちなみに、こちらの方は読み較べができる。引き写しはまったく認められない。しかも、例えば「新カント派の美学」に関する事典項目と川野さんの美学史の記述では、後者の方が詳しく分かりやすい）。川野さんは、竹内先生の美学講義の特色として、《西洋美学の重要な思想が、客観的かつ公平に取り入れられ体系づけられている》ということを挙げていた。つまり、竹内美学の個性的な思想を借りたのではなく、個々の問題について西洋美学史のなかのどの学説を代表例として紹介するか、という点で参考にした、ということと思われる。たしかに、余人の知らない西洋の学説を見つけて紹介したひとは、なんらかの独占意識をもつかもしれない。しかし、それを学んで自身の著作に活用しても、剽窃を云々されるものではあるまい（しかも川野さんは学恩への謝意を表明していた）。川野さんが、アルキメデスの原理を例として挙げ、公表された学説は共有財産と主張した、ということは、このような状況における発言として、ぴたりと収まる。「公表された学説」とは、わたしが誤解したように竹内美学そのものではなく、例えばカインツやスリオのような西洋の学説だったに相違ない。川野さんの主張通り、だれもがそれらを参照し論ずることができる。

川野洋著『美学』は上記のように文章も平明で、はつらつとした印象を与える。それはとくに、総論的序説である「美学の世界」という第一章において顕著で、少なくとも川野さん以外の誰も懐かなかった美学像が提示されている。「はしがき」の冒頭で、「客観的で公平な、しかも未来に向ってひらいた新しい美学の道を示す」のが、本書の意図だと言っている（「客観的で公平」が竹内美学における諸学説の扱い方に関する評言でもあったことに、注意したい）。また、版元である出版会の狙いが、「フレッシュで魅力ある美学入門書」にあったことも語られている。魅力を感ずるかどうかはひとさまざまかもしれない。しかし、未来志向で「フレッシュ」であったことは間違いない。川野さんの見るところ、印象派に始まりオブジェという〈造らない藝術〉が現れ、さらに技術革新による映画やテレビなどの新しい藝術形態が生まれるという状況は、伝統的な美学にとって危機的な状況を生み出した。その状況下の美学は、新しい藝術運動を支える基礎的な科学でなければならない。その位置は、医学にとっての生理学や病理学に、また健脚にとっての地図に相当する、と川野さんは言う。そのような科学的美学を、川野さんは脳科学に基づく「生理学的美学」や、情報理論、分析美学などに見出した。これらはそれぞれ相当に異質な性格のものだし、そもそも「科学」を強調することは、多くの美学者にとって耳障りだ。しかし、川野さんにとっての科学とは、内省的な美学の主観性とは異なる「論理性」を旨とする学問形態を指すものだった。もちろん、その「論理性」もまた、一般には美や感性とは不調和な特性と見なされている。注目すべきは、それが「哲学」の課題の延長上に考えられていることである。ウィキペディアの「川野洋」の項目には、川野さんの出発点が新カント派の研究だったということが記されている（ただし典拠は示されていない）。そこで川野さんは、カント的な先験的原理、すなわち現象や認識の根底にあって、経験を支えている原理という哲学的理念に馴染んだはずだ。『美学』にも「先験的」や「ア・プリオリ」の語が頻出する。科学を要求することは、哲学の精神と符合する。このような「新しい美学の道」は著者の積み重ねて来た確信に立脚したものだ。四二歳の若さにしてのこの確信には、わが身を振り返って驚きを禁じ得ない。

しかし、その「体系」の部が、このフレッシュなヴィジョンに則して書かれている、とは言えない。事実、情報理論や脳科学は「体系」的な広がりを欠いているから、それに準拠した美学体系は難しい。そもそもそれら自体が、蓄積されてきた美学の思想や概念を前提にしているところがある。むしろ、新しい「方法」と伝統的な諸概念の関係をこそ問うべきであろう。川野さんの『美学』はそのような試みであったはずだ。しかし、その『美学』は不幸な誤解によって、葬り去られた。それから半世紀が経ち、その美学史の記述のなかで最も生気に富んだ「現代の美学」の章は、「現代」と言えなくなってしまった。しかし、日本の現代美学史というものを考えたとき、この損失は回復されなければならない。幸い、全国の四〇ほどの大学が本書を所蔵している。これを熟読してくれるひとが現れてくることを、期待しよう。わたし個人としては、川野さんに直接「読みましたよ」とお伝えできなかったことに、悔悟の念がうづく。

おそらく、だれかに読んでもらいその内容を知ってもらうことだけが、この件についての慰めとなったはずだ。

あの教師人生最後の晩餐以降、川野さんにお会いしたという特別の記憶はない。しかし、わたしにとって真の驚きは、その後にやってきた。二〇一一年、ドイツ、カールスルーエの現代美術館が Hiroshi Kawano. Der Philosoph am Computer（川野洋　コンピューターと取り組む哲学者）という展覧会を開催し、コンピューター・アーチストとしての先駆的な仕事を顕彰した（ヴィジュアル・アートが主だが、川野さんは上記のように短歌のような言語作品、さらに音楽をも試みていた）。送ってくださったそのカタログに添えられた短い手紙には、奥様とともに渡独し、この晴れの舞台に臨んだ喜びがにじんでいた（老夫婦の旅行としてこれ以上のものがあるだろうか）。わたしはすっかり混乱してしまった。わたしにとって川野さんは美学者以外の何ものでもなかった。ところが川野さんにはアーチストとしての顔があり、その面からかれの仕事と生涯を見ているひとがいる。ひょっとすると、そういうひとが多数派なのかもしれない、という事実を突きつけられた。たしかに、あの短歌の制作は知っていたし、『コンピュータと美学』（東京大学出版会　これは『美学』の顚末に関する出版会からの償いの意味を込めた出版だったのだと思う。竹内先生が亡くなった二年後に刊行されている）のジャケットには、川野洋作の Red Tree という画像が使われていることも知っていた。しかしそれは、研究の単なる副産物だと思っていた。川野さんの意識においてもそうだったのではなかろうか。しかし、美学を研究するために、藝術制作がなぜ必要なのか。

美学者のなかには、藝術制作のまねごとをしたり、なかには相当本格的な制作を行ったりして、それを思索の糧としているひとがいる。少なくないかもしれない。川野さんの場合は、コンピューターが絡んでいる。美学研究にコンピューターを活用しようとした場合、作品を制作することが必要になるらしい。なぜなのか。それには、既にふれた〈現象や認識の「先験的原理」〉に対する深い関心が関係していると思う。美しい藝術作品を成り立たせている原理を明らかにしようとするならば、そのような作品を制作するプロセスを解明するのが近道だ。制作原理を解明するためには、仮説を立て、それを作動させてみる、すなわち藝術制作をシミュレートしてみて、その結果の出来ばえに即して仮説の有効性を検証するに如くはない。思弁的な美学では、仮説がすなわち学説となり、この検証過程を欠いている。コンピューターは仮説を実際に動かしてみることを可能にする。おそらくそのような哲学的関心に導かれて、川野さんのコンピューター・アートの制作は始まったものと思う。

『コンピュータと美学』のなかでは、「計算美学」という言い方がされており、耳障りな術語と思った。また、晩年の川野さんはその思索的エッセイを「感性計算論」という総題で、紀要に連載してらした。どこに「計算」があるのですか、とうかがったことがある――わたしがこれを知ったのは、下記の書籍化されたかたちによるものだ。だから、あの「最後の晩餐」の後にもお目にかかったことがあったわけだ。それは多分日大哲学会の懇親会でのことだったろう。ほかには考えられない。――このぶしつけな質問に対して、川野さんは、いつもの温和な笑顔で応じられたが、答えては下さらなかった。「わかってないな」と思われたのだろう。その通りで、わたしには分かっていなかった。それに気づいたのは、脳科学に立脚する philosophy of mind（これに「こころの哲学」という日本語を充てることに、わたしは強い違和感を覚える）の論者たちが、認知作用全般を computation と見なしていることを知ってからのことである。川野さんは computation の意味で「計算」という語を使われたに相違ない。コンピューター＝計算機という訳語からの自然な展開だったのだろう。しかし、computation は計算ではない。計算という日本語の意味するのは、足し算・引き算、掛け算・割り算などで、数値の所与から数値の答えを引き出す作業である（比喩的な用法は別にして）。いまコンピューターがおこなっているほとんどの作業は計算ではない。その作業の原理的なかたちが computation だが、ある所与を＋と－の二分法的識別を繰り返してその所与の特性を抽出することである。特に感性のはたらきが computation と見られることに、わたしは同意し、その主張に共鳴する（「繊細の精神」は「幾何学の精神」に立脚する）。しかしそれを「計算」とは言わない。あの間抜けた質問をしたとき、computation のことをわたしは理解せずにいたが、川野さんの方にも「計算」という日本語の日常的な用法に関する無関心があった。

右にふれたように、この晩年のエッセイ群は、『唯物論 感性計算論 *Meditation on Aesthetic Computation* 1998–2008』として書籍になっている。表紙に computation と書かれているが、これを頂いた時点でわたしには右のように理解することはできなかった。この書籍版は、葦風梠佳さんという、川野さんが非常勤講師をしていた大学の教え子で熱烈なファンの方が刊行されたものである。「唯物論」というタイトルを、川野さんはジョークと思われたのかもしれない。巻末の「著者の言葉」のなかで、「『唯物論』という私ではとても思いつきそうもない素晴らしい表題を付けて……」と言っておられる。この本は紀要のエッセイ群に「多少の改変と改修を加え」たものだが、一年ごとに章分けされ、エッセイのあとに刊行者である葦風氏の長い「コメント」が挿入されている。コメントとはいうが、実質は氏の川野論で、わたしの肖像とは異なる川野像が描かれていて興味深い。このなかに、気になるところがあった。大学院進学を考えていた葦風氏が、それを相談したときに、川野さんの与えたアドヴァイスだ。「師事したい先生がいないのなら、大学院に行っても仕方ない」というものだった。ご自身の経験に立っての考えに相違ないが、これはどういう意味だろう。

「独学」を通して、川野さんは広大な哲学的世界を拓いた。教師人生最後の年に、川野さんは日大の紀要に「収縮論——実在崩壊と意識創発の構図」という不思議なタイトルの論文を寄稿された。量子論と唯識論をパラレルに置き（素晴らしくいかがわしい）、物質現象からいかにして意識が発生するか、という壮大なテーマに取り組んだもので、わたしなどの理解の及ばない世界だ。しかし、それはおそらく、川野さんが取り組んでらした根源的な問いに対して書かれた最後の答案で（ただし『感性計算論』には、これについてその後の更なる展開と見られる思索も残されている）、到達した世界観が表明されたものと見られる。その基本的なストーリーは（わたしの要約だから信用して頂かない方がよいが）、《最初にあるのがミクロの粒子の無差別な波動状態で、そこに重力の偏りが起こる。この偏りの結果、粒子群が「収縮」し、われわれが現実と思うマクロな世界が現れ、それを現実として捉えている意識そのものがこのようにして創発する》というものである（いずれ取り上げるつもりだが、山崎正和さんのリズム論と同じ発想の見られることが、興味深い）。その最後のパラグラフを引用しておこう。

収縮という実在のカタストローフは、意識ある現世を束の間の幻としてではあるが創発する。そして創発した現世の今は、その現実相を再び実在のミクロな波動が有する可能性の重なりの一つに返却して消滅する。〔……〕〔もとの〕一元実在は即自態のまま永続するという事はない。それは自然弁証法の理によって必然的に収縮という自己否定

（意識の創発）を呼び、更に対自的意識を否定的媒介として自己（即自的実在）に復帰（否定の否定）する。マクロ化した束の間の生を何故か人は輝かしいと感じこれに煩悩をもってコミットする。これも確か真実であろう。この事を滑稽と見る事もできるが、亦、阿弥陀如来のようにより深く悲と見る事もできよう。しかしこれら現世の悲喜相は、逆にこの宇宙世界の本源的実在が不定なる可能世界をなし、その即自の相が暗黒無明なものである事を示していると言えないであろうか。

このようにして川野さんは、自然の理に従い、即自的実在に還った。悲喜相にあった川野さんとの交流が、上記のような「計算」を巡る無理解の会話を最後としたのは、ちょっとさびしい。もっとも、あの事件から始まって、わたしはずっと川野さんのお仕事を理解してこなかった。しかし、このような無理解は、川野さんにとって日常茶飯事だったに相違ない。温和な笑顔を以て、あの村八分にも負けず、このような無理解にもめげず、先験的哲学から始めて情報理論、更にコンピューター・アートの制作へと続く「創造的科学」（『美学』）の理念の追求を全うされたと思う。いま見たような形而上学的悟りも、その成果のひとつだ。また、そのアート作品が独り歩きして、先駆的な成果として顕彰され、美学者よりもアーチストとして知られるようになったとしても、それは創造的な探究を続けてこられたことへのご褒美だったと思う。

15　姉の青春、兄の青春――戦中を生きた若者たち

姉すみは大正一二（一九二三）年、兄の隆は昭和二（一九二七）年生まれで、昭和二〇年の終戦時にはそれぞれ二三歳と一八歳だった。ふたりとも、戦時下に青春の盛りを生きた。

兄は陸軍二等兵、あるいはそれ以下の階級があるならそれだった。わたしが生まれたとき、兄は一六歳、そのとき家にいたのだろうか。その次第を訊ねたことはなかったし、当時の兵役の制度がどのようなものだったのかについて、正確な知識があるわけではない。簡単な調べもので得た情報によれば、徴兵適齢とされたのは二〇歳。兄はこれには当てはまらない。しかし、戦況が逼迫するとともに、昭和二〇（一九四五）年六月に「義勇兵役法」なる法律が施行され、男子は一五歳以上六〇歳までの国民を徴兵することができるようになった（女子も対象に含ま

れた）。敗戦のわずか二か月まえのことである。この制度が実際にどのように機能したのかは分からないが、これによって徴兵され戦死された方もおられたに相違ない。この法律では、父でさえ召集の対象に入っていた。

兄の場合は、この義勇兵としての徴兵でもなかったような気がする。あくまで気がする、ということに過ぎないのだが、その兵役にはどこか牧歌的な印象が残っているからだ。兄は、幸い前線に送られることなく、「加古川の連隊」に配属されていた。ゲートルを巻いた軍服姿で、野原に座った小さな写真があり、そこには状況の切迫感はまったくなかった。写真を撮るということ自体、それなりの余裕があったことを示している。父は、赤飯と饅頭をつくり（材料をどうやって入手したのだろう）、満員の汽車に揺られて加古川に赴き、兄を慰問したという（そう昔語りのなかで、「酒保」という不思議な単語を知った。軍隊のなかのコンビニのようなものだったつにだったようだが、面会所にも充てられたらしい）。ちなみに父は、のちに、帰還した兄のために、この甕を入れ、その柔らかい熱でどぶろくをつくったりした。写真といい、この慰問といい、とても敗戦間近の状況とは思えない。

すると兄は志願して兵隊になったのではなかろうか。兵役を志願することができたのは一七歳以上ということだから、兄の場合は、早くても昭和一九年秋ということになる。志願する動機は推測できる。あくまで推測の話だ。兄は東京植民貿易語学校という学校に学んだ。これは現在の保善高校の前身にあたるものだが、わたしの通った新宿区立西戸山中学校とは、山手線の線路を挟んで向かい側にあった。焼け残って古びたコンクリートの校舎の壁には、同じくすすけた文字でこの校名が書かれていた（多分、消した跡だ）。「植民」という言葉の時代的な意味は分かっていなかったが、校舎の印象とともに過ぎてしまった昔の学校という感じを覚えた。何しろ、わたしの学んだ西戸山中学はモデル校とされ、ひときわ目立つモダンな造りの校舎だったから、その古びた印象は増幅されていたかもしれない。

兄が進んでこの東京植民貿易語学校を選んだのかどうかは分からない。しかし、そこの教育を受け、この学校が焦点を当てている世界の相貌に目を向けるようになったことは、おそらく確かだ。商業学校なら商業、工業学校なら工業というような、いわば専門分野のことである。つまり、いまのわれわれは全く認識していないが、「植民貿易」という活動の分野があった。この学校は大正六（一九一七）年に安田財閥が創立したもので、当初のものと思われる学生募集の画像（おそらく新聞の広告欄）をインターネットで読むことができる。それには、「海外に渡航する男女及貿易其他に従事するに適する教育を施す」と書かれている。「植民」は言及されていない。「渡航」に含意されていたのかもしれない。安田財閥の関心は「貿易」だったろう。その貿易は国策としての「植民」と結びついていた。「帝国主義」の典型のような思想がそこには透けて見える。兄に「海外渡航」の野心があったわけではない。しかしこのような世界のあり方、世界とのかかわり方に馴染んだことは間違いない。子供だった頃、マレー語では散歩のことを「プラプーラ」と言うんだよ、という嘘のような話を兄から聞いたことがある。これが正しいのかどうかは、いまもってわからない。兄も嘘のような話だから覚えていたのだろう。その程度には学業を怠らずにいた、というしるしだ。

このような世界の見方に馴染むことと、兵役を志願することはつながっている（その頃の男子としては普通のことだったかもしれないが、兄は剣道に打ち込んでもいた）。両者は底辺で結びあっている。それは日本人の心性の一面であり、兄の場合、その人柄と、社会に底流してきた『古事記』以来の常識的な生き方とを掛け合わせたものだと思う。兄は快活な「善い人」だった。ひとの不幸には同情を惜しまず、特に家族の中では喜びをともにしてくれた。直ぐに思い出したのは、わたしの大学入試の発表のときのことだ。兄が一緒に結果を見にきてくれた。いまとは、その場所も時間も異なる。暗くなりかかっていた掲示板にわたしの番号を見つけたとき、兄はわたし以上に喜んだ（わたし自身はむしろ安堵の気持が強かった）。ひととしての善性は、周囲の人びととのかかわりのなかに現れる。この対人的な場面でのふるまい方については、右に触れたように、古来の伝統的なものの考え方が連綿として続いていて、それが戦時下において若者だった兄の行為をも規制していたものと、いまのわたしは確信する。『古事記』以来と言えば、牽強付会と思われるかもしれない。しかし、例えば丸山眞男は、日本人の歴史意識、倫理観、政治意識について、その原型が上古において現れ、多様な歴史的変化を貫いて、「執拗低音」として、言い換えれば基本的なパターンとして機能し続けてきたと考えている（「原型・古層・執拗低音」）。ここは、その議論に立ち入るべき機会ではないが、ふたつの原則に注目し、それが戦時下における若者としての兄の心理を読み解くうえで、ときの隔たりを忘れさせるほどのリアリティをもつことに、驚かされる。ひとつは政策決定や世論形成のかたちとしての「安の河原」の集会である。そこで議論するのは「八百万の神」という無人称の人びとである。誰か責任をもつリーダーがいるわけではない。その人びとはいわば隣を見て、強い議論の趨勢に従うだろう。「空気を読む」ことが重視される風土が、すでにそこにある。更に、その「空気」の基調をなしているのは、『古事記』の世界の唯一の倫理的理念である「きよき心」である。この語句を一見しての印象のままに、美的に解することはできない。美化は結果として起こって来るものの、その意味そのものは、朝廷に対する忠誠心以外の何ものでもない。これに関する和辻哲郎の言葉を聞いてみよう。

注意しておくべき点は、道徳的価値を清さ穢さとして把捉したということがさらに多方面の道徳的自覚を促進したという事実である。清さの価値は「私」を去ること、特に私的利害の放擲に認められる。しかるに私的利害はおのれの生の利害であるから、それはまたおのれの生を、従って自己を、むなしゅうすることにほかならない。生命への執着や生命に根ざす利害への執着は、穢く卑しい。

（『日本倫理思想史』）

生命への執着を捨てることとしての「きよさ」とは「いさぎよさ」のことであり、あって当然の執着を「穢く卑しい」と決めつける思想は、生理的な威嚇をともなって迫ってくる。植民の道に導かれ、ハイティーンにして兵役を志願した兄の思いの動機を、この和辻の文章（それは日本の最も古い古典の解釈である）は、浮き彫りに描き出しているようにさえ思える。兄が志願兵だったとすれば、両親もまたそれを許したということになろう。父も母もこの倫理的風土のなかにいた。

その兄が帰還したのは、昭和二〇年の秋だったと思われる。そのとき、一家は「千葉縣印旛郡白井村名内」に疎開していた。おそらく兄は、出征前に、父とともに疎開の引っ越しを担い、この地を知っていた。だから、「帰った」という感覚があったはずだ。満二歳だったわたしには断片的な記憶しかなく、その日のことも覚えていない。生還は何より祝うべきものだが、敗戦による帰還を祝う家はなかったろう。兄はどういう思いだったのだろう。上記のような暗黙の思想が染みついていた身には、複雑な思いがあったに相違ない。それでも立ち止まっていられる余裕はなかった。否も応もなく新しい境遇を受入れ、そのなかに生きる喜びを見つけていったのだと思う。幼児だったわたしは、隆兄を「タッタ」と呼んで懐いた。その頃のタッタについて覚えていることが三つある。まず、兄は農村の若い衆たちと打ち解けなじんだ。塔を組んで、その上からスイカ泥棒を見張る輪番の青年が、ハロウィンのかぼちゃのようにいたずら書きをした小さなスイカを、夜中に来て軒下に置いていってくれたことがある。朝になってそれを見つけたものの、食べられるものでないことにがっかりしたものだった。これも兄が土地の青年たちと昵懇だったことのあかしだ。

しかし、遊んでいられたわけではない。菓子職人だった父は、手に入らなくなった砂糖に替えて、サツマイモをすりおろし、甘味をつけてかわらせんべいを焼いた（菓子を提供できたことが、村に受け入れられた一因だったらしい）。兄は、そのせんべいを荷台に載せ、自転車をこいで、東京に売りに行く仕事を担った。名内から白井の中心部まで一里。そこからは木下街道で総武線の下総中山駅までバスが通っていたが、その道をおそらく千葉街道と交わるところまで行ったものと思われる。それが四里。そこで千葉街道に入って、例えば亀戸までが三里。これだけで片道三〇キロを超える。例えばとしたが、行き先がどこだったのか、わたしは知らない。亀戸よりずっと遠くに行っていたに違いない。つまり、往復で七〇キロくらいの行程だ。しかも乗っていたのは、車体ががっしりした造りの古くて重たい自転車だった。兵役の訓練よりきつかったかもしれない。

タッタはこの運搬をどれくらいの頻度でおこなっていたのだろう。昭和二三年に柏木に家を建て、一家は東京に戻った。考えてみたこともなかったが、その建設資金は、父の手仕事と兄のこの労働によって賄われたはずだ（戦前の蓄えはすべて紙くずになった、と言われている）。少なくとも一日おきくらいには往復していたのではなかろうか。しかもそれは平和な行商ではなかった。経済活動は統制下におかれ、県境で検問が行われることもあった（千葉と東京の境は江戸川で、橋を渡らなければならなかったから、取り締まりは容易だった）。ある日、タッタは青い顔をして帰って来た（幼時の記憶なのか、それとも後に昔語りを聴いて、それを記憶に再構成したのかは、分からない）。統制品の砂糖を使っていると難癖をつけられ、荷のかわらせんべいを没収されてしまった、ということだった。それは父の工夫のわざの卓越を示すものではあった。しかし、いま思えば、担当官が私しようとしたのかもしれない。

若者らしい解放の喜びもあった。タッタは、どこで習っていたのか、社交ダンスを覚えた。家にはわたしの馴染めない「洋楽」のレコードが何枚かあった。母は、隆のダンスのせいで畳が擦り切れる、とこぼしていた。ダンスは、もちろん、女性との出会いを求めてのものだったはずだ。その甲斐があったのかどうか、幼児のわたしには思い至ることのない世界のことではあった。

望んだような富裕な境遇はついに得られなかった。それでも、雅江さんというよき伴侶を得て、家族に恵まれ、善人で、酒と美味しいものが大好きという、つつましい快楽の人生をタッタは送った（ごきげんに酔ったときに歌うのは、何故か、白頭山節だった）。そんな兄の人生とは異質な思い出もある。わたしが留学中に受け取った一通の手紙だ。それはわたしが何か頼み事をしたことに対する返信だったと思う（わずか四〇年ほどまえのことなのだが、当時は、往来はもとより、電話もいまの便利さとは全く異次元で、フランスはなおも遠かった）。いささか他人行儀で、タッタとは別人の書いたような立派な文面に驚かされた。思うにそれは、兵舎から両親に送ったに相違ない軍事郵便以来、初めて書いたものだったのではなかろうか。昔のひとは、いざとなれば立派な文章をつづることができた。

＊

タッタの生涯と比べてみると、すみ姉が現に生き、また許されていた一生のかたちは、非常に異なるものだった。いま、ふたりの青春像を描いてみて、そのことに気づき、驚かされる。最晩年の姉が、問わず語りに何度も語った物語がある。女学生時代の想い出だ。十代のなかば、姉は府立一女に通っていた。当時のわが家は、浅草で火事に遭い、転居した落合から、相当の距離を通学していた。経路は、小滝橋からバスで早稲田まで行き、そこから厩橋《うまやばし》行きの市電に乗って小島町（御徒町の東）あたりで降りる、というものだった。交通渋滞などなかった頃だから、路面電車でも決まった時間で移動することができたのだろう。わたしが生を享ける前のことで、その家が落合のどのあたりにあったのか知らない。訊いておけばよかったと思うが、もう遅い。そこでわたしのイメージの世界では、どこからともなく、坂の上の方から少女が降りてくる（小滝橋はその名の示すように、なだらかな谷の底にある。下を流れるのは神田川だ）。セーラー服姿でかばんを下げている。多分おかっぱ頭だ。少し遅れてついてくる若者がいた、それも毎日だ。話しかけるでもなく、この通学路を終点までついてきて、そのまま同じ道を帰っていった。今で言えばストーカーだ。姉には二歳年下の妹がいた。その千江も気づいた。「お姉ちゃん、あのひときっとお姉ちゃんのことが好きなのよ」。――千江は、野球の球を背中にぶつけられ、肋膜炎で治療生活を送った末に、一五歳の若さで亡くなっている。わたしが生まれる数年前のことだ。頭のよさは、わが家の語り草となっていた。姉に同行していたからには、千江も一女に通っていたのかもしれない。わたしの幼少期、彼女は、祖父祖母とともに肖像画になって、茶の間の鴨居を飾っていた。右にわたしが思い描いた姉のセーラー服姿は、この千江姉の画像をもとにしたものだ（姉は最期まで髪はアップにするおでこ自慢だった）。

その若者の素姓は思わぬかたちで知られた。家に出入りしていた米屋さんが、近くに屋敷を構えていた然る子爵家の夫人の嘆きを伝えたからだ。息子が縁談に乗り気でなく、「気持ちの整理がつくまで、待ってください」と言うばかりだ、というのである。——米屋さんについて付記しておこう。詳細を知っているわけではないが、配給制度が敷かれる以前から米穀は長く管理制度のもとに置かれ、公認の米屋からしか購入できなかった。そのため、米屋と地域の家々との関係は密で、御用聞きが回っていた。子爵家の話題は、御用聞きの日常的な噂話として語られたことだろう。少なくとも、そのように持ち出されたに相違ない。しかし、ひょっとすると、その御用聞きは既に感づいていたのかもしれない、御曹司の整理すべき「気持ち」が、この家の娘ゆえのものであることを。当の御曹司は、それが全うすることのできない恋であることを、承知していた。かれがどのようにしてその「気持ちの整理」をつけたのか、わたしは知らない。姉もまた、思い出語りのなかでは、「身分違いだったからね」と笑っていた。姉は、この王子様がどんなひとであるのか、その恋心を除けば、何も知らなかったのではなかろうか。だからこそ、繰り返し思い出される甘いエピソードとなった。

姉は、父親譲りの細い鼻筋が薄幸の印象を与えないこともなかったが、和装の映える美女だった。二〇歳という歳の差は、わたしにとっての姉を殆ど母のような存在にした。だから、小学校の会合や授業参観に来てくれることがあり、そんなときにはちょっと誇らしい気持ちになった。最晩年の姉はわずかばかりの身の回りの品々を、少しずつ処分したらしい。殆ど何も残さなかったが、なぜか、一束の手紙が処分されずにあった。同一の男性から送られてきたそのなかの一通を読んでみると、或る（元）兵士と交わした文通の片側の記録であることが分かった。さらにひもといてみれば、一八世紀のフランス小説のような物語が立ち上がってくるかもしれなかったが、わたしは読まないことにした（しかし処分することはできないので、いまもわたしの机の引き出しのなかに眠っている）。書かれているのは日常的なことで、相手の男性とは恋愛感情のようなものがあったわけではないらしい。察するに、当時、学校で前線の兵士に宛てて手紙（「慰問文」と呼ばれている）を書くことが奨励されていて、そのようにして送った（宛名を特定しない）手紙に対して、誰か兵士が返答すると、そこから個人的な文通が始まる、というようなことであったらしい。SNSの時代に文通は流行らないが、その効用としては似たものがあったのではなかろうか。戦後のわたしの幼少期にも、子供雑誌の後ろの方には、文通を希望するというひとの投稿がたくさん並んでいたし、中学や高校になると、海外の「ペンパル」と英語で文通するひともいた。姉の遺品の手紙は、そのような（元）兵士から送られたものと見える。姉の書いた手紙はおそらく残っていないものの、受け取った手紙のなかには、姉が書き送ったことがらへの応答として、姉の生活を窺わせることも記されているだろう。姉の肖像を書くには貴重な情報源かもしれない、と考え始めたところではある。

その手紙の束とともに一枚のメモがあり、三六の名前が書かれていた。年賀状の宛先リストらしい。わたしの知らない名前がなかばを占めていたが、《あのひとと交際が続いていたんだ》と驚くような、懐かしい名前も散見した。姉は気さくな社交家でもあった（やや見栄っ張りではあったが）。

すみ姉は煮豆で白米を食べるような、極端な偏食だったが、兄弟姉妹のなかでは最も長命で、九〇歳過ぎまで生きた。健脚ではたらき者だった活動的な生活が、健康のもとだったに相違ない。姉や兄の青春期が戦中にあたり、わが家も疎開したことについては、既に書いたとおりである。兄は軍隊に行ったが、姉は家族の疎開生活を送った。その疎開先の名内から東京へ出るには、下総中山経由のほかに、柏廻りのルートもあった。県道二八二号線で、昔も今もバスが通じている。多分、戦後でバス便が使えなかったのだろう。何の用事だったのかは忘れてしまったが、幼児のわたしを乳母車に乗せ、やがて義妹になる「よっちゃん」（もとは千江姉の同年の友だった）と連れ立って往復した。往復で五里、二〇キロを超える。途中には深い谷を横切るきついアップダウンもある。お腹が空きのどが渇いたことを、姉はよく語った。

姉は記憶力が抜群で、訊いておけばよかったと今さらに思うことがたくさんある。地縁もなく縁者もいない名内にどうして疎開したのかも、不思議に思っていたことのひとつだ。最晩年の姉にそれを訊ねると、「知らなかったの？」と言って教えてくれた。当時わが家は、柏木四丁目の古刹圓照寺の敷地内に、おそらく借家住まいをしていて、住職一家とは親しいつきあいがあったらしい（いま、門前の駐車場になっている辺りか）。住職の御曹司のひとりがのちの篠山紀信さんだが、ぶかぶかの大人の靴を履いた幼児の写真を姉は持っていて、それが紀信さんの幼年時代のショットである旨のメモをつけていた。おそらく、自分の死後、それがかれのもとに戻ることを期待していたのだろうが、いつの間にかなくなっていた。名内はこの住職が紹介してくれた疎開先だった、という説明でこの件は腑に落ちた。名内の住まいはお寺（ずっとただ「お寺」と呼んでいたが、それが東光院という名であることを知ったのは最近のことだ）の庫裡《くり》のような離れで、圓照寺と同じ宗派の寺だった。——数年前、半世紀余を隔ててここを訪ねてみた。庫裡は壊されてしまっていて、姉がよっちゃんとそれにもたれて写真をとったサルスベリの木も無くなっていた。

記憶は不思議なもので、事柄によって濃淡がある。わたしは、戦後（わたしが小学生だったとき）姉が草月流の活け花を習っていて、一緒に同じ師匠のもとに通う仲間がいたことをよく覚えている。土井さんというその女性は、すみ姉に劣らぬ美人で、その家は南側に広めの庭があり、鶏頭、ダリア、カンナ、コスモスなどが咲いていた（これらは戦後間もないころ、どの家にも見られる花だった）。このひとのことを訊ねてみたものの、晩年の姉は覚えていなかった。短い間のつきあいだったのかもしれない。若い美女が二人、おめかしをして、花を抱えて歩いたとき、焼け跡の街もいっとき華やいだに相違ない。

お花は姉にとって愉しみだっただろうか。少なくとも嫌いではなかった。晩年まで、部屋に飾る花にはちょっとしたデザインが加えられていた。またわたしにとって、姉の活ける花は、美的教育の意味をもっていた。しかし趣味、娯楽の面で、兄と姉の間には大きな差があった。兄は、剣道に打ち込んだだけでなく、またダンスに興じただけでなく、登山を好んだらしい。兄が家から山に出かけて行ったという記憶はないので、植民貿易学校の生徒だったときのことだろうか。燧ヶ岳《ひうちがたけ》に登り、荒天に見舞われて遭難しかかった、という武勇伝を聞かされた。独りで登ったような印象だったが、十代の少年の登山としてはありえないだろう。汗と雨で擦り切れた五万分の一の地図が家に残っていた。さらに、わたしの幼年期、兄は写真撮影に凝っていて、写真館にあるような乾板に焼きつける大きな写真機を持っていた。或るとき、その写真機持参でわたしの遠足についてきて、先生方の集合写真をとりたいというので、担任の先生にお願いした。しかし、現像してみた結果は失敗で、そのあとわたしは学校できまりが悪かった。趣味分野において、兄のこの自由空間に比べると、姉の享受したものはつつましいものだった。歌謡曲を聴くのは好きだったが、電蓄は幼児のわたしが占領していた。結婚後もラジオを聴くだけだった。姉は山に登りたいとは思わなかっただろうし、写真機に関心はなかった。やりたいことがなかった、と言えばそれまでだが、やりたくなるような可能性が与えられていなかった、というべきだろう。社会的アフォーダンス、あるいは disponibilité の問題だ。

その姉に隠れた一面のあることを認識するようになったのは、亡くなる少し前のことだ。事実はわたしが子供だったころに遡る。洋服ダンスのなかに、大判の（一二インチ）ＳＰレコードのセットがあり、あるとき偶然に、それを見つけた。場違いなところに置かれていたので、何やら秘めごとめいた感じを覚えた。それがクラシック音楽のレコードであることを認識するようになったのは、自らクラシックを聴くようになってからだ。ドラティの指揮による『白鳥の湖』と、ワルターの名盤『未完成』で、これらはわたしが着服して、たぶんいまも屋根裏にある。それが何であるかが分かっても、そもそもそれがなぜわが家にあるのか、誰のものなのかということに意識は向かなかった。最近になって思うに、それらがタッタのものでなかったことは間違いない。クラシックは兄の好みではない。すると引き算的に、すみ姉のものだったということになる。しかし、わたしの知るかぎり、姉は一度として、これらのレコードをかけてみようとしたことはない。自らすすんで購入したとは思われない。きっと誰かの、ということは或る男性からのプレゼントだったのではなかろうか（高尚で高価な贈りものだった）。聴こうとせず、タンスのなかに秘めていた、ということは、苦い思い出にまつわるものだったからだろうか。

このような小説的空想を誘うもうひとつのアイテムがあった。一〇インチのＳＰレコード数枚からなるシャンソンのアルバムで、おもて面には屋根裏部屋から見るパリの光景がデザインされていた。藤田嗣治の描いたものだ。これもあの洋服ダンスに隠されていたのだろうか。わたしがその存在をそれとして認識したのは、姉の最晩年のことだ。特にアルバムの絵に魅了されたわたしは、それを欲しいと思い、またいずれもらえるものと思っていたが、いつの間にか消えていた。姉はシャンソンに関心を示したことはなかったから、これは間違いなく、知的な男性からのプレゼントだ。姉は「〇〇ツグ」さんという名を口にしていた。かれが贈り主だったのではなかろうか。記憶では、わたしが当然知っているひとであるかのような口ぶりだった。親戚縁者のひとりだったのかもしれないが、もう確かめるすべはない。子爵家の御曹司の一方的な好意は、「身分違い」ゆえにおとぎ話のようなものだった。「〇〇ツグ」さんの思いは、何故実らなかったのだろう。結ばれていたなら、姉の生涯はまったく違ったものになっていたのではないか。それとも、姉はかれの好みに合わせるのに肩の凝る思いをしたのだろうか。

晩年に繰り返された思い出語りや、手元にとどめていた思い出の品々から振り返ってみると、姉の青春は連れ合いとなるべき男性をめぐるものでしかありえなかったように見える。そのすみ姉が結婚した相手は、幼なじみで、上記の柏を一緒に往復したよっちゃんの兄だった。だがそれは、姉が選んだ伴侶ではない。父が決めた縁談だったに相違ない。姉は少なくとも歌謡曲や童謡は好きだったし、活けた花の記憶では相応の美的感覚に恵まれていた。後年、わたしがパリに招いたとき、美術館で絵を観るのも好んでいた。しかし、この伴侶は、よいひとで善人ではあったが、このような趣味をまったく持ち合わせていなかった。腕のよい職人ながら、(わたしが言うのも変だが)世渡りが下手な頑固者で、姉は経済的にも苦労した。手仕事で家計を支えることもしていた。結婚前、かれは毎日のように、仕事をおえると浅草から柏木までやってきていた。その愚直な熱意と、人柄のよさから、父はよい相手と考えたのではなかろうか。姉は姉で、父の決めた縁談に異を唱える気はなかったと思う。父親を尊敬し大好きだった。結婚後、かれの生き方に業を煮やした母が、離婚させようとしたことがあった。そのとき姉は、かれは悪いことをしているわけではない、と言って、猛然と反撥した、という。頑固で世渡りが下手なのは、姉も同じだ。だから、似たもの夫婦と言えないことはない。同時に、不満はあっても、境遇を甘受していたのだと思う。夫に対しても優しさを失うことはなかった。

わたしが姉の人となりについて決定的に認識を変えたことがある。それは亡くなる五年ほど前のことだ。既に連れ合いを亡くして独り暮らしをしていたので、月に一度くらいの頻度で見舞っていた。あるとき、展示するかのように、しかしさりげなく、古い岩波新書が一冊、タンスの上に飾られていて、わたしは息を呑んだ。三木清の『哲学入門』だった。何故か手にとるのもはばかられ、その由来について訊ねることばも見つからなかった(姉はわたしに見せようと思っていたのかもしれない。多分そうだ。そしてシャンソンのレコードと同様、これもいつの間にか消えていた)。粗末な紙に印刷されたその本は見るからに、またデザインからも戦前戦中の新書であり、かつて女学生の姉が手にしたに相違ないものだった。奥付を見ておけばよかったと、今にして思う。『哲学入門』の初版は昭和一五年、姉が一五歳のときだ。姉がこれを入手したのは、それから数年の間のことだろう。これも「〇〇ツグ」さんからの贈りものだったのだろうか。実際に読んで何かを理解したかどうかは分からない。十代の少女に理解を期待してもむずかしいかもしれない。しかし、少なくとも長くこれを所蔵しつづけていたことには、何かの意味がある。

それまで、美的な感性は別として、姉の知性についていては、特に注目したことはなかった。千江姉がわが家では知性のレジェンドだったので、すみ姉のその面は、家のなかでも語られることはなかった。しかし、府立一女に通っていたことは、相応の知力を物語っている。わたしにとっては、ひたすらのやさしさがすみ姉だったが、クラシックやシャンソンのレコードとともに、この『哲学入門』は、ありえたかもしれない別の人生を示唆している。なぜそれは、人生の黄昏において想起された、思春期の束の間の輝きでしかありえなかったのだろうか。その一生は、恵まれたものではなかった。姉のありえたかもしれない別の人生を惜しむ気持ちが、わたしのなかにある。

付録

文学としての肖像

「肖像」と聞いて、普通、ひとが思うのは、肖像画や肖像写真であろう。言葉による肖像、文学としての肖像など聞いたことがない、と言われるかもしれない。本書はことばによる肖像をあつめたものである。そこで、この文学的肖像とはどのようなものなのか、どのような可能性をもっているのかについて、考察を試みることにする。以下の議論は、本篇の文章が、何を狙いどころとするものなのかを、説明するものである。

1　「肖像」と“portrait”

考察の糸口として単語の意味に注目しよう。日本語の「肖像」とフランス語や英語の“portrait”の語義にはやや違いがあり、そのずれた隙間に「文学としての肖像」の場所がある。

「肖像」が第一義的に画像であり、彫像であることは否定しがたい。「肖」とは「似るようにかたどる」ことであり、「像」は「ひとのすがた」である。この語について『日本国語大辞典』は、「人物の容貌、姿態などをうつしとった絵、写真、彫刻、似姿。ふつう上半身を写しとったものをいう」と定義している。二点に注意したい。ひとつは「彫像」が挙げられていること、もうひとつは「ふつう上半身を写しとったものをいう」と付言されていることである。わたし個人の語感からすれば、彫像を「肖像」と呼ぶことはほとんどない。しかし、「似姿」という語義に即して考えれば、特定の個人の彫像を「肖像」と呼んでいけないわけはない。ただし、あとで指摘するように、portrait においても「彫像」は周辺的な意味にとどまる。二点目。「ふつう上半身を写しとったものをいう」というのは「肖像」という日本語の意味に属するものではなく、portrait の特性である。日本の有名な肖像画は、たとえば源頼朝像（これは現在では、別人の肖像とされている）や豊臣秀吉像など、全身像が多い。それに対して、西洋の肖像画の標準型は肩から上の描写に限定されており、これは同じく「胸像」(bust) と呼ばれる彫像の基本型と対応している。この違いは面白い。一方が特に高位の人物を描く際に、装束ぐるみの社会的存在にそのひとのアイデンティティを見出しているのに対し、上半身の「ポートレート」の方は精神的なものが現れる頭部に焦点を置き、そこにそのひとの個性を見る、という異なる個人観に由来するように思われるからである。事実、西洋絵画でも、社会的な地位を表現しようとするときには、全身像にするのではなかろうか（たとえば、フィリップ・ド・シャンパーニュの『リシュリュー像』）。

このように日本語の「肖像」は、造形表現に特定されているので、言語による肖像という語義は記録されてこない（ちなみに、『日本国語大辞典』が挙げている最古の用例は室町期の辞書なので、もとは漢語かもしれないが、すでに日本語化している、と言えよう）。肖像文学という考え方の可能性は“portrait”にある。『オックスフォード新英英辞典』の最初の定義は次のごとくである。「あるひとの絵画、デッサン、写真、版画で、特に顔、あるいは頭部と肩を描いたものをいう」。ここに「彫像」は挙げられていない。“portrait”の語義が「素描する」だからであろう（この語は中世フランス語の“portraire”に由来し、この語の語幹“traire”は英語のdrawに相当し、「引く」とともに「(線を引いて）描く」を意味する。なお、浩瀚な『トレゾール・フランス語辞典』やOEDは彫像を指す“portrait”の用法をも挙げている）。この辞書は、この意味に付記して、「言語による か、映画やテレビでの誰かの再現像もしくは印象」とも言っている。映画やテレビは視覚メディアだが、静止画像ではなく、時間的な展開を含む。この点で、画像としての“portrait”と区別され、言語描写と同類と見られたのであろう。このように、この語には言語による人物描写の意味がある。しかし、肖像画のようにひとつのジャンルを構成するものとまでは、見られていない。

フランス語の辞書には、言語による肖像の存在が明記されている。『プチ・ロベール辞典』は二つの語義を挙げている。最初の意味は、上記の英語辞典の定義と同様のものだが、「実在の人物の像」と特定しているところが注意を引く。これは英語でも同様と思うが、面白い。実在の人物の肖像は、そのひとへの志向性をもっており、例えば「マリー・アントワネットはこういう顔をしていたのか」というように、受け取られる。それに対して、マノン・レスコーの画像があるとすれば、それはアベ・プレヴォーの言語的描写がこちら側に投影したイメージのひとつと見られるだろう。しかし、それを「ポルトレ」と呼ばないのだろうか。また、『源氏物語絵巻』に描かれた光源氏の画像を、われわれは「肖像」と呼ばないだろうか。かなり微妙だが、その微妙さは、実在の人物の像と架空の人物の像とのあいだに、誰もが違いをみとめていることの顕れと見られる。

『プチ・ロベール辞典』の第二の語義が、言語的肖像に関わる。「あるひとの口頭、文字による描写」とある。画像のポルトレが「実在の」人物と限定していたのに対して、ここでは単に「あるひと（une personne）」と言っている。言語による人物描写については、フィクションのなかのものであっても「ポルトレ」と呼ぶ、と解することができる（それを日本語で「肖像」と呼ぶことは、あまりないだろう）。フランス国立図書館が提供している『ガリカ Gallica』という電子サイトで調べると、一九世紀において「ポルトレ」が定型的な書名として流通していたことが目に付く。「現代ポルトレ集」「文学的ポルトレ集」「女性のポルトレ集」「文学的ポルトレ集」などで、とくにサント゠ブーヴはこれらすべてのタイトルの著書を公刊している。「文学的ポルトレ集」とは作家論集、「女性のポルトレ集」は（この著者の場合は）女流作家論集、「現代ポルトレ集」は現代名士論集のような性格のものである。各ポルトレは短篇から中篇くらいの、十分な長さのテクストで、他の評論文と比してとくに「ポルトレ」固有の特色のようなものがあるようには見られない。むしろサント゠ブーヴは、自らの書く作家論をどれも「ポルトレ」と見ていた、ということらしい。このように作家を論じてポルトレと呼んだについては、背後にこの時代の文学観、藝術観があるだろう。作品を作者の個的実存の表出とみなし、作者の人生が作品を説明すると考えられていたからである。カタログ上は相当数の著作が挙げられているから、フランス語の語彙のなかに、「文学的ポルトレ」というイディオムを刻印するのに貢献したと思われる。しかし、記述や文体において特殊性がないとなると、その「ポルトレ」は比喩的用語法にとどまり、ひとつのジャンルを構成するまでには到らない。

2　肖像文学の源流

注目すべきは、『プチ・ロベール辞典』が「一七世紀の文学ジャンル」という特定の意味を挙げていることである。そのような文学形式があったことを、わたしは知らなかった。そこで調べてみると、「肖像集《ポルトレ》」というタイトルをもつ著作をただ一点、見つけることができた。モンパンシエ夫人著『さまざまなポルトレ』(Mademoiselle de Monpensier, *Divers Portraits*, 1656) である。この書物には、出版者がモンパンシエ夫人に宛てた手紙、読者に宛てたまえがき、そして序文がついていて、ポルトレがどのようなものであり、そのようにして成立したかが読み取れる。著者とされているモンパンシエ夫人は、上流夫人たちの文学サロン風なサークルの中心人物で、この肖像集のいわばプロデューサーのような役割をはたした。「流行のポルトレを読むこと」を愉しんだ、とされている。それはごく新しい流行だった。ことの発端はモンパンシエ夫人のもとを訪れたタラント王女とトリムイユ嬢にあり、二人はこの「称えるべき愉しみ」を「作り出した」と見られている。「このような作がフランスで語られるようになる以前に、お二人はそれぞれのポルトレを作っておられた」からである。すなわち、この二人の貴婦人はオランダのハーグでその作例を「見て」、自分たちでも作ってみた、という由来が書かれている。それを記した「序文」は、ことさら強調するように「見る」という動詞を使い、この《言葉によるポルトレ》を肖像画に擬していることが注目される。このことから、絵画をモデルとしてこのことばの肖像が案出されたことが窺われる。

モンパンシエ夫人の『肖像集』は、五九篇の肖像を収録しているが、大体は掌篇か短篇で、最短が二ページ、最長が一二ページである（本のサイズは小型で、一ページあたりの情報量は大きめの活字の文庫本といったところか）。自身を描写したもの（以下、便宜上「自画像」と呼ぶ）と友人もしくは知己を描いたものが入り混じっている。最短のものは五歳半の少女（タラント王女の娘）の自画像、最長のものは、ある人物の指名を受けて或る男性（ジュサック氏）がある夫人（グヴィル侯爵夫人）の像を描いたものである（ここでは筆者が、ポルトレなるものを理解しようとして、繰り返し絵画モデルに訴えていることが顕著である）。どのポルトレも、身体面（顔つき、体つき）と精神面（性格、価値観など）を分けて書いているのは共通しており、それが標準的なフォーマットになっていったらしい。しかし、記述は一般的な形容詞の羅列のようなもので、具体的な発言や行動などは取り上げられていない。モデルとなっている当人を知らないひとが、このポルトレからそのひとの生きた姿を立ち上がらせることはかなり難しそうだ。これはあくまで、当人を知るひとたちのグループのなかで、描写の妙を競い合い、それを評価する、という性格のものであろう。少なくともわたしが肖像文学として期待するものには、符合しない。――『プチ・ロベール辞典』が一七世紀の文学ジャンルとしてのポルトレに関連して、「ポルトレ遊び」とも呼ぶべきものに言及していることを、考え合わせることができる。それは、一種の謎あそびで、回答者が出題者に「そのひとは××ですか」という質問をし、出題者は「はい／いいえ」で答え、少ない数の質問でその人物を当てる、というものらしい。いまの読者にはなじみが薄いだろうが、戦後のラジオ時代に「わたしは誰でしょう」という番組があった。それとほぼ同じものである。モンパンシエ夫人らの肖像文学は、ゲーム性を欠いているが、狙いとする面白味はほぼ同一である。さらにその面白味は、ある種の小説におけるモデル問題と呼ばれるもの、すなわち虚構の作中人物が、作者と交友関係にある現実の誰かをモデルとしているのではないか、という好奇心にも通じている。

3　『百科全書』とレトリック

モンパンシエ夫人とサント＝ブーヴの間の時期に、ディドロ＝ダランベールの『百科全書』

があり、その第一三巻にはPortraitに関する項目が四つある（筆者はすべてジョクール）。ひとつめは四つの類義語を識別する辞書的項目、つぎは「絵画」としてのポルトレ（肖像画）、それに続けてやはり絵画だが「全身像Portrait en pié」が立項され、最後が「散文と詩」のポルトレ（肖像）である。「全身像」が特に取り上げられているのは、肖像画の標準形が半身像だからであろう。肖像画の項目では、とりわけそのひとの「性格と顔つき」を描くことによって、正確な似姿を与えるのがその長所であり、そのための主たる表現モチーフとしては、「表情、色つや、身なり、姿勢」があるとしている。また、実在のモデルによって（d'après nature）画かれると明記されていること（架空の人物のポルトレはない）、モデルとなるひとが刻々と表情を変えてゆくのに対して絵画は静止状態で永続するものであるところから、どの瞬間をとらえるかが重要であること、などの指摘が目を引く。

われわれの主たる関心は、もちろん「言語的な肖像《ポルトレ》」の項目にある。定義はなく、人物描写の難しさの指摘から始まる。すなわち「あるひとの、精神と心情の個性的特質をうまく描くこと」である（ここでは身体的特徴が言及されていない）。あとはほとんど作例の引用が続く。少なくとも散文のポルトレは、独立した文学ジャンルと見られてはいない。すなわち肖像文学というよりは、「人物描写」であり、あとで触れるがこれはレトリックの技法のひとつと見ることができる。最初の作例には出典が明記されていない。「ド・シャティヨン嬢は浅黒く痩せた大女で、顔つきは捉えどころがなく、物腰は曖昧である。好んで人前に出たものだが、腰を下ろすときには優雅さに欠けた。上品に踊ったが歩き方はきれいではなかった。ふだんに才気はあったが、良識を示すことは稀で、決して理性的ではなかった……」。これが、裁判沙汰になった事件を読み物に仕立てた文章であることを知れば、*記述の意図は明らかである。顔つきをふくめての身体特徴は、事件を活写するうえで不可欠のものであり、当然、動態の描写に力点が置かれている。そのことは、精神的な性格の分析と通じ、主人公であるシャティヨン嬢の姿を生きいきと立ち上がらせている。ジョクールは一七世紀の肖像文学を知らなかったようだが、そのかれがことばによる肖像として真っ先に考えたのは、このような人物描写だった。

ジョクールが最も優れた作例と見なしていると思われるのは、テラソン師の書いたクレオパトラのポルトレだが（おそらくJean Terrasson 1670-1750の『セトス Séthos』）、その長い引用は伝記文学の一部のような印象を与える。ジョクールは引用の羅列に多少の分節を与えるために、ポルトレの特質を二点指摘している。一つは「表情（air）」（あるいは物腰）の個性を捉えること、二つ目は「くっきりと(fortement)」かつ短い言葉で描くことである。この第二点の作例とされているのが、ヴォルテールの描いたクロムウェル像である。長くないので紹介しよう（ヴォルテールが卓越した書き手であることの分かる名文だが、そのようには訳せない）。

英国は廃墟に埋もれたものと、周りの国々は思っていたが、クロムウェルの統治下、突如として、かつてないほど強力になった。かれは片方の手に福音書を抱き、他方の手には剣を握り、顔には宗教の仮面をつけて国を支配した。その統治において、かれは大王の美質によって、強奪者のあらゆる犯罪を覆い隠した。

「この数行のなかに、クロムウェルの全生涯がある」と、ジョクールは評している。テラソンにおけるクレオパトラ同様、ヴォルテールもクロムウェルを識っていたわけではない。モデルとの間に距離のあることが簡潔でくっきりした描写を生んでいる、と言える。

詩の場合は、小品なので、ジャンルとしての完結性が認められる。ジョクールの説明も、より定義風だ。「韻文のポルトレは、小品で、散文の場合と同様、その魅力と性格を分からせるのに最適の特徴によって、あるひとを描写するものである」。作例はどれも短く、完結している。締めくくりとしてジョクールが引用しているのは、ボワローが親友のラシーヌの肖像の下に銘文として書いた四行の詩である（肖像はエッチングで、下にその人物を簡潔に説明する銘を付すのは、当時、ごくありふれた様式で、印刷本の著作集の扉絵として用いられた。なお、ボワローの著作集の目次や注を見ても、ポルトレとはこの肖像画のことであり、詩そのものはポルトレと呼ばれていない。したがって、ジャンルとして認知されていたとは言えないと思う）。

フランス演劇の名誉にして驚異
その功績は、ソフォクレスとその作をよみがえらせ、

心と精神を魅惑するわざにおいて
エウリピデスを凌駕し、コルネイユと肩を並べたこと。

辞書の規定やジョクールの考察を通して、フランスの古典文学で肖像《ポルトレ》と呼ばれる文章の特徴が見えてきた。まず、それはジャンルとは言えない（ジャンルといえるのは、全篇が人物描写にささげられて完結している作品類型である）。その点で絵画における肖像画の位置とは異なる。その「描写」は、簡潔でくっきりしていることが要求される。モデルとなっている人物の性格を捉えることが狙いだが、その「性格」は、社会的な存在において捉えられており（何をしたか）、その結果としての簡潔さである。女性の場合には容貌やものの考えの特質に焦点が置かれるが、いつどこでどのようなふるまいをし、どのようなことを言ったかという具体的な例示を伴わない。これは簡潔な表現の要求が内含する限界である。

ジョクールも編者のディドロも念頭になかったようだが、このような人物描写としてのポルトレは、レトリックにおいてひとつの表現技法《フィギュール》に数えられている。もっとも、これをレトリックの技法として認知したのは、フォンタニエだったのかもしれない。『百科全書』とサント＝ブーヴをつなぐ時代のものとして、そのP・フォンタニエの大著『言説のフィギュール』(1821, 1827)の定義を参照しよう。この論者によれば、「ポルトレ」とは、「実在であると架空であるとを問わず、生きた存在の、精神面かつ身体面の描写」である。精神面と身体面を分けて取り上げることは、すでにモンパンシエ夫人の『肖像集』にも見られ、ジョクールも実質的に継承していた特徴である。注意を引くのは、架空の存在をその対象に挙げていることである。しかも人物と言わず「存在」としているのも、意図した選択である。引用された四つの作例のうち、三つはひとの肖像ではないからだ。すなわち、「政治」（ヴォルテール）「言いがかり」（ボワロー）というアレゴリカルな人物、そして「馬」（ビュッフォン）である。かれの定義はまっとうだが、そしてこれらの描写を portrait と呼んでいけない理由はないが、周辺的なものを強調しすぎているようにも感じる。

佐藤信夫はその壮大なフィギュールの体系を、フォンタニエのモデルに準拠して構築した。Portrait に「人物描写」という名を与え、「《人柄描写》と《容姿描写》を併せたもの」としている。すなわち「精神的なものであれ、肉体的なものであれ、人物（実在であれ、虚構の存在であれ）の特徴を描写するものを言う」（この項の筆者はわたし。佐藤信夫＝企画・構成、佐々木健一＝監修『レトリック事典』、大修館書店）。佐藤が「人物描写」の作例として採集したひとつが、武田泰淳『ひかりごけ』の一節である。

> 校長は背丈の高い、痩せた人、年は三十代でしょうが、やさしく恥ずかしそうな微笑をたたえて、自然や人事に逆うたちではなさそうでした。黄ばんだ皮膚に無精ひげをはやし、ひょろ長い古ズボンの脚に、粗末なズック靴を穿いている。国境の漁村の田舎校長という、

自己の運命と役割を、冷静に見抜いて、ジタバタする代りに、悪気のない苦笑で、いくらか喜劇的に、その役割をうけとめている。何ら警戒心も反感も起させない、おだやかではあるが陰気でない人物です。

「つまり、心のあり方は自づから容姿に現われて、それが〈人物〉を形成している、ということらしい」。容貌と性格が一致しないひともいるはずだが、「人物描写」においてはおそらく、その不一致も性格を表現するものと見なされるだろう。それくらい、心身の即応は固い信念として、この技法の根底にある。また、小説の作中人物である以上、その精神面の「人柄」は、何よりその行動、言動によって表現されるはずだが、それはもはや「人物描写《ポルトレ》」という技法の埒外にある。

4　J・グルニエの『ジャン・ジオノの肖像』

以上の歴史的考察を総括しておこう。サント＝ブーヴに代表される一九世紀の「肖像」は、この語の比喩的な用法と見ることができる。それが指しているのは作家論だが、ひとりの作家の特質に焦点を合わせているので「肖像」と呼んだものであろう。対象は個人だが、そのひとそのものを論じるのではなく、あくまで作家としてのそのひとを対象としているところが、比喩と見るべき所以である。これを除くと、「ポルトレ」には二つのかたちがある。ひとつはモンパンシエ夫人の『肖像集』にみられるもので、実在の人物についてその心身両面の特徴を書き出す文章である。自己紹介型（あるいは自画像型）が有力であることも、この肖像の性格をよく示している。すなわちそれは、当人を知っている人びと（肖像を読むひと）が、実在の人物とその言語的な描写との距離（あるいは当たりはずれ）を愉しむ知的遊戯である。この点で、それは「わたしは誰でしょう」のようなゲームと変わらない。「ポルトレ」のもうひとつのかたちは、表現技法《レトリック》としての「人物描写」である。技法であるということは、ひとつのテクスト全体の特性ではなく、小説をはじめ、長いテクストの一部分に示される表現類型である。対象となる人物は架空であってかまわない。架空の人物について「肖像」という日本語は適用しにくい。その意味で、これはあくまで「人物描写」である。この描写は、むしろその架空の人物に存在感を与えるもの、と言うことができる。このふたつのポルトレは、どちらも、わたしの考える「文学としての肖像」ではない。わたしがことばによる肖像として構想しているのは、これらふたつを掛け合わせたようなものだ。すなわち、実在の人物を対象とし、かつ「人物描写」を通してそのひとの存在感を現出させることである。このような言語表現に意味があるのは、そもそもひとの存在が、言語的造形によって初めて見えるものになるからである。

このことは十分に認知されているとは言えない。しかし、そのような肖像を名乗る言語作品が現れても、違和感を覚えるひとは少数であろう。たまたま、ジャン・グルニエの書いた『ジャン・ジオノの肖像』（Jean Grenier, *Portrait de Jean Giono*, 1979）という一書に出会った。縦長の変形小型本で、付録（「貧困と平和についての思索」というエッセイで、本文と深い関係がある）を含めて七七ページという小冊子である。ロベール・モレルという個性的な出版者の刊行になるもので、原稿の由来についての説明は一切ない（刊行時に著者のグルニエは亡くなって既に八年が経過していた）。事実は不明だが、これを著者が「ポルトレ」として構想し、書き下ろしたものとして紹介することにする。

著者のグルニエについては、「木村忠太」篇（Web春秋の『スヴニール』）のなかで言及している。そこで取り上げた「KIMURA」というエッセイは、ほとんどこの画家の肖像と見なすことのできるものだが、何かが違う。『ジオノの肖像』を紹介しつつ、その違いに論及しよう。肖像と銘打ったこちらの著作は三〇の短い章からなり、それぞれに標題がついている。つまり、それぞれが主題をもっている。構成の柱となっているのは、交友の記録で、日時と場所が明記されている。そのため、日記を抜き書きしたような印象を与えるところもあるが、ジオノに関わりのない話題は出てこないし、全体はゆるやかに構成されている。冒頭の四章は、肖像の中核的なモチーフを集めている。「満たされた預言者」は社会的存在としてのジオノを、「強い想像力」は星座を見つめてそこに空想的な楽器をいくつも見るような異例の想像力を、「大地のよろこび」はジオノの宇宙観、生き方を、「幸福と平和」はこの異色の大作家の根幹をなす思想を語っている。これらは後に続く諸章をゆるやかに包括するキャンバスとなっている。その全体がジオノの肖像なのだが、「性格」というよりは、思想や生き方に重点が置かれている。容貌についての描写は、全篇を通して非常に少ない（希少なそれについては、あとで紹介する）。これら四つのモチーフの並べ方も考えられたもので、以下の二六章であまり取り上げられないもの、周辺的なものから始めて中核へと、漸層法的に並べられている。その到達点となる第四章「幸福と平和」の冒頭は、付録である「貧困と平和についての思索」（以下「思索」と略記する）の冒頭をそのまま繰り返したものである。

「思索」は、一九三九年七月号の雑誌NRF（「新フランス評論」）に掲載されたもので、ジオノがその前年に刊行した「農民たちへの手紙　貧困と平和について」（以下「手紙」と略記）についての評論である。ときがヨーロッパにおける第二次世界大戦前夜であることに注意しよう。二人のエッセイもその時代背景のなかで書かれている。一九三八年、グルニエがジオノに出会った直後にミュンヘン会談が開かれたが、そこでのヒトラーへの宥和的解決にも拘らず、翌年に第二次世界大戦が始まっている。かつて第一次大戦に従軍し、心身に深い傷を負ったジオノは絶対的な平和主義者だった。「手紙」におけるかれの主張は、《国の支援を期待することをやめ、貧困を覚悟して、自力でできることだけを頼りとして生きるならば、自由かつ平和に暮らすことができる》、ということだった。詳細な前後関係が不明なので、断定的なことは言えないが、グルニエはこれを読んでジオノに関心を懐き、接近したのかもしれない。かれがジオノに会い、知遇を得たのはル・コンタドゥールという、プロヴァンスのなかでも荒涼とした高地で、偶然の出会いとは思われない。かれの記述によれば、東欧から多くの愛読者がマノスクのジオノのもとを訪ねてくるようになり、その人びとを応援するために、この地に連れて行ったとのことで、かれはジオノを『出エジプト記』のモーゼに擬している。「思索」においてグルニエは、ジオノの考えが「偉大」であることを認めたうえで、呼びかけられた農民たちが決して受け入れることのできないものであることを論じている。大地の恵みに生きる農業は、次の年の収穫を保証してくれるものを持たない。だから、農民はジオノの言う「貧困」を決して受け入れることができない、という理由である。ジオノはこの評論を非常によろこび、「細心の誠実さ」で「真実しか書いていない」と評したと言う（第七章）。異論を認めたうえでの深い共感が、二人のながい友情を支えたものに相違ない。

グルニエは、ジオノ以外の肖像を書いていない。肖像を書こうとしてジオノを取り上げたのではなく、ジオノを語るために肖像を書いた。ジオノは特別の存在だったと思われる。ジオノが特別であるのは、大地に根を下ろしたこの強固な平和主義のためである（それは『正統性の精神』の著者としての当然の関心だ）。戦時下の牢獄の様子の描写（第一一章）のようにジオノそのひとに直接かかわらない記述もあるが、それもかれの投獄から展開された話題で、この中核的なモチーフに関係している。もちろん、その人柄の記述もある。繰り返されはしないが、最初に知遇を得た日を一九三八年八月三一日と特定したうえで、ジオノの人柄を次のように書いている。

かれほど心のこもった態度を示すひと、話し相手に共感しようとする構えでいるひとはいない。多くの文人とは異なり、prétentieux（自己主張のつよい）ではない。すなわち、あなたに話すとき、かれは思想家気取り、預言者気取りではない。著書のなかでは多少違った顔を見せてはいるが、それでも説得することによってしか他の人びとを導こうとはしない。かれはモラリストだ。その性格には、同時に司祭風のところと農民風のところがある。微笑みをうかべた気立てのよさは司祭のようだし、大地の感覚は農民のようだ。ひとは誰でも、かれに影響をおよぼすことなどできない、ということを本能的に感じ取る。その身体面も精神面と同様だ。かなり美しい鼻筋と、くっきりとした顎の曲線は、弓なりの口元やふっくらした頬と調和している。非常に複雑な人物で、叙情家であり計算家でもある。まなざしは善人のそれであり、ときとして使徒のそれ、幻視家のそれである（第五章）。

この心身像は読者のこころに残り、以下の諸章で描かれるジオノのふるまい、言動、思想などに肉体的な厚みを与える。これあっての肖像だ。肖像は二人称的である。文章が二人称で書かれているわけではない。しかし、そこに描かれるジオノは、遠くにいる誰かではなく、グルニエが親しく交わった友人である。関係のこの二人称性が、肖像をいわば暖かいものにしている。これに対して“KIMURA”が肖像になりきらないのは、描かれるキムラが三人称的だからである。くりかえすことになるが、文章のうえでは、ジオノもキムラも三人称で言及される。しかし、「ジオノの肖像」においてジオノは、筆者であるグルニエとの一人称＝二人称的関係のなかで捉えられている。言い換えれば、グルニエの「わたし」が底辺にあることによって、ジオノは二人称的なのである。"KIMURA"においてグルニエの「わたし」は暗黙のものとして抑制されている。

5　文学的「肖像」の特性

以上、通覧してきた諸事例のなかで、肖像文学と呼べるのはグルニエの『ジオノの肖像』しかない。それでも、肖像のモデルとすることはできない。会った日時にこだわった結果、全体は交友記録のような趣きを呈し、ジオノの像としての統一感が薄れている(特に最終章に終止感がない)。また、平和主義を強調する姿勢のゆえに、ジオノ像とは無縁な記述が散見する。そこで、肖像文学について原理的に考えてみることにしよう。

わたしの考える文学的肖像とは、何よりもまず、肖像画の言語ヴァージョンであり、言葉によってある人物の個性的な姿を生きいきと現出させることである。絵画が再現するところを、言語は創出しなければならない。表現技法としての「人物描写」と異なり、肖像画は実在のひとについてのものであって、架空の人物はその範疇のそとにある。また、肖像画はモデルの sitting を基とする。言い換えれば、その制作の状況は、画家とモデルとの間の二人称的関係である。言語による肖像の場合にも、直接の交際、交流、つきあいに基づいて書かれるものでなければなるまい（グルニエの『ジオノの肖像』を肖像たらしめていたのは、この二人称性だった）。この二点は肖像画の特質に由来する限定だが、当然、言語表現であるがゆえの特質がある。絵画と文学の違いは、例えばレッシング以来の主要な美学的テーマである。

まず、肖像画に近い特質としては、容貌の描写がある。これはレトリックの技法として、叙事詩や小説、さらには物語的な歴史書など、さまざまな文学形式において実践されてきた。肖像文学においても重要なモチーフとなろう。絵画としての肖像画の場合、容貌の描写は中核的なモチーフである。それに対して文学技法としてのそれは、ひとの性格をいわば具象化する。心身のこの相即性は、肖像画の場合も変わらない。しかし文学の場合、言語という表現媒体の特性ゆえに、容貌は精神的個性とより直接に結びつく。そのことを裏返して言えば、人物の言語的描写のなかで、この身体面の描写は、イメージに具象性を与える重要なモチーフとなる。

文学的肖像に最も近い文学形式は、伝記であろう。伝記もまた、特定の人物——ほとんどの場合、歴史的な重要人物——について、その生涯を記述する。その記述を通して、その人物の像もまた立ち上がってくる。つまり肖像が副産物として生まれる。それは、或る個性的な生涯をその主人公へと逆照射して得られる像だ。伝記そのものの主題は、あくまでその人物の生涯である。生まれてから死ぬまで、さらには両親の家系やら死後に残した影響やらが語られる。伝記が長篇になるのは必然である。それに対して文学的肖像は、主人公《モデル》のひととしての像に焦点を置く。像が像として形成されるためには、直観的なまとまりが必要である。そのような統一像を結ぶためには、テクストはなるべく短いほうがよい。伝記が長篇であるのに対して、肖像は短篇もしくは掌篇となる。

もうひとつ、重要な違いがある。伝記は、ある人物の生涯を再構成するために、多くの資料を必要とする。作者は、ほとんどの場合、主題とする人物に接したことがない。過去の偉人を取り上げるのが伝記の基本であるとすれば、作者と人物とのこの懸隔は当然である。面識のないひとを知るためには、様々な資料を渉猟するほかはない。そして、伝記の著者は人物の「実像」に迫るために、それらの資料の価値を吟味し、解釈を施す。伝記のこの間接的アプローチに対し、肖像は筆者と対象となる人物との直接的な交際、二人称的接触をベースとしている。肖像画家はモデルを座らせ、対面関係のなかで画面を形成してゆく。キュビズム期のピカソの画いた肖像画(言い換えればモデルと「似て」いない)でさえも、この sitting に基づいており、その多くにはモデルの座った椅子が描き込まれている。

肖像を肖像たらしめるこの対面性、あるいは二人称性は、肖像の対象もしくは主題と深く相関している。すなわち、肖像が主題とするのは、ひとの存在性格としての person である。この英語や、西洋各国語においてこれに相当する語を、わたしは長らく「人格」と訳し、personality を「人格性」としてきた。この二語の語形の違いを写し取るためであり、「人格」という日本語の意味を反省することはなかった。いま、肖像を考えるに際して、辞書で「人格」を引いてみると、それは心理学用語で personality の訳語、という説明が与えられているのを見て、正直、驚かされた。Personality が「人格」なら、person は何と訳されるのだろう。「ひと」という以外ありそうにない。しかし、この「ひと－人格」は、日本語の語義に即して、person－personality の正確な訳語となっているだろうか。わたしは疑問を覚え始めた。「ひと」は漠としているか、人間性のような意味で使われるかするのではなかろうか（「天はひとのうえにひとを作らず……」、「あれをおきてひとはあらじと誇ろへど……」）。それに対して、「人格」といい、その同義語と思しき「人品」という語は、ひとの価値（品性）を評価し、それを格付けする意識を映し出している（「格」とは身分や等級を意味する）。ひとの性格を指す「人柄」でさえ、純粋に性格を意味するわけではなく、「品格、身分」の彩りを抜きがたい（たとえば「家柄」を考え合わせよ）。これらは二字熟語であるから、中国由来かもしれないが、日本語のなかに定着し、われわれの意識を染めている。これに対して、価値評価、序列付けの意識は、person にはない。肖像の対象は個々の person だが、その“person”を日本語に置き換えることは難しい。

翻訳が難しいからといって、もとの概念が込み入っているがゆえのことではない。ODE（『オックスフォード新英英辞典』）の定義は、「個人として見られたひと（a human being regarded as an individual）」というもので、次のような例文が添えられている。「彼女は驚くほど精力的なひとだ（she is a person of astonishing energy）」。これだけですでに一筆書きの肖像と見ることもできよう。ただし、この性格づけは三人称的なものにとどまっている。その性格づけが二人称的なものであることを認知するうえで参考となるのが、哲学者ピーター・マコーミックが person を論じた著作である。かれは person を「関係的なもの relationals」として捉える。これは、person を堅固な不変の実体として見るのではなく、さまざまなものとの相関性において捉えようとする考え方であり、そこが注目点だ。関係性において捉えられたpersonには、当然、経験を通しての変貌、形成、ということが伴うであろう。かれのperson概念の核心は次のごとくである。

おそらく次のように言うことができよう。文化横断的にみてもpersonは究極的に、その物質的であることを基本とする身体と、単に物質的とは言えない精神との「あいだbetweenness」に（内的には）基づき、外的にはその個体性、社会性ではなく、他のpersonたちとの実質的な「あいだ」に基づいている。

（Peter McCormick, *Relationals, On the Nature and Ground of Persons*, Copernicus Center Press, 2020）

Personを描く肖像は、この「あいだ」（和辻哲郎由来）の記述によって成り立つ。まず、personの像は、そのひとの考え方やふるまい方に大きく依存するが、そのような精神的性向は、体質に左右されるところも小さくない（内的「関係」）。右に見てきたように、「ポルトレ」はこの心身両面の記述を旨とし、とくにレトリックにおいては心身の照応関係が自明の前提とされていた。美術的肖像は、とくにこの身体特性との内的「関係」を基礎とするところが大きいが、文学的肖像にとってもそれは重要である。この内的な「あいだ」以上に重要なのは、外的「関係」である。Personが他の人びととの「関係性」によって構成されるということは、そのひとがどのようなひとを愛し、どのようなひとのどのような行為を憎むか、ということがそのひとのpersonそのものだ、ということである。この外的関係の中核をなすのが、そのひとと書き手との関係、すなわち、両者の間の二人称性である。これは文学的肖像の独擅場であり、これを抜きにすれば、肖像は単なる伝聞にすぎないものとなる。

二人称は一人称を前提とし、両者は切り離せない。一人称と二人称は一組であり（「きみ」と言うのは必ず「わたし」である）、三人称はそれ以外のものを指すものだからである（バンヴェニスト）。モンパンシエ夫人の『肖像集』の発端となったタラント王女の自画像は、つぎのような言い訳から始まっている。「程度の違いはあれ、自己への愛の咎めを受けないひとはおりませんし、自己への愛は通例、自らを特別な目で見るように誘うものであり、それは自身を正しく扱うよりは、大目に見ようとするものです……」。これは自己を対象とする自画像ゆえの言い訳ではある。そこで語られている「自己への愛」は、個としての自己を肯定的にとらえる新しい概念であり（宗教的に抑圧された「自己愛」と区別されたものだが、タラント王女の受けとめ方はゆるやかである）、近代的な個人主義的思想傾向につながり、ポルトレの興隆をも支えた、と見ることができる。王女の言うような偏向は、自画像の場合だけでなく、友人や知己を描く肖像にもついてまわる。二人称的に描くのが肖像だとすれば、書き手は自らを語らずに済ますことはできない。一人称的な彩りは、伝記とは異なる肖像の特性である。このことは、肖像画についてよく知られていることである。「藝術作品としての肖像は、作家の個人様式に規制され、外貌の肖似性とはうらはらに原像の性格よりもむしろ作家の性格が反映されることがよくある」（望月登美子）。『カルロス四世の家族』のなかには、国王一家の品性についてのゴヤの思いが露出している。生涯を通してレンブラントが描いた自画像群には、画面の主題となっている人物の相貌と、それを描いた画家の人間的成熟が渾然となって、分けることが難しい。藝術家の場合、この個性の表出は名誉だろう。それは意図した表現ではなく、おのづからの表出である。その自然な表出の由来は、モデルと描き手とのあいだの必然的な即応関係がある。それは、“Ogni pittore dipinge se.”すなわち、「すべての画家は己を描き出す」というイタリアの格言が捉えている。その意味は、どの画家も自画像を画く、ということではなく、それぞれの個性的な画法が画面に現れてくる、ということである。この自己表出を価値と見るのは、西洋近代の思想動向による。しかし、肖像が書き手の自己表出を伴うのは、その二人称的スタンスと、対象となるpersonの関係的性格によることである。

以上を総括すれば、文学的肖像とは、モデルとなるひとと筆者との二人称的関係を基調とし、ことばによって、そのひとの精神的個性を描出し、そのひとの息遣いのようなものを現出させる著作形式である。

＊　出典は *Causes célèbres et intéressantes, avec les jugemens qui les ont décidées*, recueilliies par Mr. Gayot de Pitaval, avocat au Parlement de Paris, t. 4, Nouvelle édition augmentée, à La Haye chez

Jean Neaulme, 1746. これを突き止めてくださったのは、ディドロや『百科全書』研究の泰斗、鷲見洋一氏である。検索のこの呆然とするような妙技のほどは、鷲見さん自身がいずれ著作のなかで明かされることと思う。氏によれば、ジョクールが引用したポルトレは「流れた結婚」という章の締めくくりとなっていて、「シャティヨン嬢のポルトレ」というタイトルがついている。さらに、この出版物についての氏の説明は次のごとくである。「Causes célèbres〔著名事件〕というのは、アンシアン・レジームから一九世紀にかけて一世を風靡した「裁判記録集」で、この著者のような法曹界の人物が、自分や他人の担当した案件の中で、注目（かなりキワモノ的ですが）に価する事件を詳しく、面白く記述しているものです」。

あとがき

ことの始まりはつぎのようなことでした。もう数年前のことになります。今後の仕事のプランについて、旧友の藤田侊一郎君に意見を求めたことがあります。やりたいこと、書きたいものがいろいろあり、それらに優先順位をつけ、下位に置いた主題については企画そのものを断念するに等しいことと覚悟しなければならない、そう考えてのことです。藤田君は、若いころ、東京大学でフランス文学を学び、その後美学を志すというわたくしと同じ経路をたどったひとです。しかし、六八年の所謂学園紛争のため、学業を断念して大修館書店に入社しました。数年の違いがかれとわたくしの人生行路を変えてしまったわけです。かれは『月刊言語』という雑誌に携わり長くその編集長を務めるなど、編集者として大成しました。仕事のうえでも、わたくしはかれの世話になることが多々ありました。グループμの『一般修辞学』の翻訳、佐藤信夫さんが未完のまま残された『レトリック事典』の完成などが主な成果です。仕事を離れても、時折会って歓談のときをともにしています。このような間柄なので、右のような相談に及んだわけです。

そのとき藤田君は、わたくしのリストに優先順位をつけることはせず、別のプランを提案してきました（縮めようと思っていたところ、広げろと言われたわけです）。「デュフレンヌさんにおいて友情は、おそらく、特定の誰かとの関係ではなく、かれの人柄そのものなのである」という一文を示し、このような文章をもっと読んでみたい、というのです。デュフレンヌさんとは、戦後のフランスの美学をリードした哲学者で、ご存じの方も少なくないことでしょう。この一文は、わたくしがエッセイ集『ミモザ幻想』（勁草書房）のなかに記したものです。より細かく言えば、それは「ルイ・マランさん追悼」という一篇のなかに織り込んだ文で、藤田君に示されるまで自分でも忘れていました。交友録をという藤田君の提案に、わたくしは即座に「それは無理だ」というメールを返しました。二つ理由がありました。ひとつは、ひとが読みたがる交友録とは有名人のものであって、わたくしの書く文章に関心を持ってくれるのは、藤田君を別としてそうそういるわけではない、従って、刊行の見通しはない、ということです。この現実的な理由については、ことさら説明の必要はないでしょう。もうひとつは、書くことの難しさです。デュフレンヌさんについてのこの文は、なるほど、藤田君が覚えていてくれただけあって、短い文に、この哲学者のひととなりの核心を捉えている、と思います。しかし、それはわたくしが苦心して造形したものではなく、だから自分でも忘れていたものです。言い換えれば、この文に一読の価値があるとすれば、それはわたくしの功績ではなく、専らデュフレンヌさんのひととなりによるものです。しかし、そのような知己がたくさんいるわけではありませんから、短いものではあれ、そのような文章を何篇も書くことは絶望的に困難なことと思われました。

このようなわけで、藤田君の友情には感謝しつつ、それきりこの件は忘れていました。それがなぜ、いま、ふれあった人びとの肖像を書く気になったのかについては、まえがきに書きました。気持ちが前向きになったときには、簡潔で難しいデュフレンヌ・モデルは既に念頭になく、ただ懐かしい人びとへの想いに捉えられていました。ただ、わたくしの意欲が高まったとしても、刊行のむずかしさという状況に変わりはありません。礒山君がそうだったように、ホームページを持っているひとなら、そこに掲載すれば済むことでしょうが、わたくしにはそれもありません。と考えたところで、Web春秋のことを思い出しました。ウェブマガジンなら、わたくしの書く肖像集でも載せてくれるかもしれない、という閃きを得て、ともかく打診に及びました。たよりにしたのは、これも旧知の編集者高梨公明さんです。すると、あっけなく、いいですよ、という返事をもらい、この連載が実現することになりました。高梨さんはわたくしの信頼する理想の編集者のひとりで、かれが定年をすぎても、嘱託のようなかたちで現場に残っておられたのは、幸運というほかありません。

打診に際して、わたくしが申し出たことがあります。連載は不定期、原稿のサイズも長短さまざま、ということです。当初はメインの仕事をしながら、時間を見つけて書けるものを書く、というつもりでおりました。しかし、生来不器用なせいでしょう、あちらの仕事とこちらの仕事を自由に行き来するということができなくなり、連載を休めなくなりました。そうしてだんだんと状況は逆転し、いまでは「本業」としてきた仕事を放り出し、もっぱらこれにかかりきり、ということになってしまいました。

Web春秋の担当者は中川航さんで、この連載を了承してくれただけでなく、あるときこれを書籍化するという提案をしてくれました。これも思いがけないことでした。右に記したような思いからためらいもありました。しかし、何篇ものエッセイを書いているうちに、当初の交友記という構想から、「肖像」へと考え方が変わり、その肖像概念がかたまってきたところで、ご提案をありがたくお受けすることにしました。ひょっとすると、ささやかであっても新しいスタイルを打ち出しているのではないか、という気がしてきたからです（もっとも、新しくなければ価値がない、と考えているわけでもないのですが）。

校正刷りを通読したときに、初めて実感したことがあります。それは各章が実に多彩だ、ということです。他のテーマなら、わたし色の単色刷りにしかなりません。しかし本書はそうではありません。わたくし独りではできないことができたのは、各篇の主人公となった人びとの個性のたまものです。そのことを再認識するにつけても、これらの人びとの多くを喪った喪失感にさいなまれます。肖像を書くことによって、それぞれのひととの結びつきが強まり、より深いものになった、と実感していますが、その実感が辛さを伴うものであることも事実です。

まえがきと付録において展開した「肖像」に関する理解については、編集の中川さんの示唆によるところがあります。鷲見洋一さんは「あれは〈筆のすさび〉などというものではない」との評言で、わたくしを少しその気にさせて下さいました。また、藤田君と高梨さんに加えて、東大文学部の同僚だった立花政夫さん、小学校の同級生だった金子昇君が、毎号感想を寄せてくださり、励みになりました。これらのみなさまに感謝しています。

二〇二二年初夏　あじさいの咲き初めるころ

佐々木健一

著者略歴

佐々木健一（ささき・けんいち）

1943年（昭和18年）、東京都生まれ。東京大学文学部卒業。同大学大学院人文科学研究科修了。東京大学文学部助手、埼玉大学助教授、東京大学文学部助教授、同大学大学院人文社会系研究科教授、日本大学文理学部教授を経て、東京大学名誉教授。美学会会長、国際美学連盟会長、日本18世紀学会代表幹事、国際哲学会連合（FISP）副会長を歴任。専攻、美学、フランス思想史。

著書『せりふの構造』（講談社学術文庫、サントリー学芸賞）、『作品の哲学』（東京大学出版会）、『演出の時代』（春秋社）、『美学辞典』（東京大学出版会）、『エスニックの次元』（勁草書房）、『ミモザ幻想』（勁草書房）、『フランスを中心とする18世紀美学史の研究——ウァトーからモーツァルトへ』（岩波書店）、『タイトルの魔力』（中公新書）、『日本的感性』（中公新書）、『ディドロ『絵画論』の研究』（中央公論美術出版）、『論文ゼミナール』（東京大学出版会）、『美学への招待 増補版』（中公新書）、ほか。

とりどりの肖像

2022年7月20日　初版第1刷発行

著者———佐々木健一
発行者——神田　明
発行所——株式会社 春秋社
〒101-0021 東京都千代田区外神田 2-18-6
電話 03-3255-9611　振替 00180-6-24861
https://www.shunjusha.co.jp/
印刷———信毎書籍印刷 株式会社
製本———ナショナル製本協同組合
装幀———伊藤滋章

Printed in Japan, Shunjusha.
ISBN 978-4-393-49916-0 C0095
定価はカバー等に表示してあります。